魔豆

魔豆

傭兵公主

vol.1 南方歸來的公主

香草／著

傭兵公主 vol.1

目錄

登場人物介紹

利馬．安多克
第三分隊隊長，平民出身。大剌剌的個性，看起來總是一副隨性的模樣。平時最喜歡作弄西維亞、亂揉她的頭髮。

西維亞．菲利克斯
菲利克斯帝國四公主。有著遺傳自母親的美貌，卻散發一股劍士的凜然氣質。擁有特異的直覺與女神賜予的誕生禮……

多提亞．帝多
帝多家族次子，皇家騎士團第二分隊隊長。散發知性優雅的氣質，溫和而穩重。腹黑屬性，笑容的燦爛度往往與心情成反比。

卡萊爾
叛亂組織的首領，他的出身似乎與西維亞公主頗有淵源……
是個溫柔和藹、好相處的人，笑容帶著點孩子氣，最大的嗜好就是在路上胡亂撿同伴。
妮可
9歲起開始擔任西維亞公主的貼身侍女。與嬌小可愛的外貌相反，擁有一身可怕的怪力，具有衆人聞之色變的毒舌功力。
夏爾
年齡僅14歲的可愛少年，妮娜魔法店的學徒。神經大條，行動總是慌慌張張又經常闖禍，標準的衰運纏身冒失鬼一名。

ch.1 南方歸來的公主

坐在裝潢精美的馬車中發呆看向遠方的天空，任由身軀沐浴於滿月的光芒下，我滿腦子只想著昨天來自宮殿的使者提醒自己要回王城繼承誕生禮的事。

菲利克斯帝國的每名王族成員都擁有各自的守護神明，而守護神祇於王族誕生之際便會贈送一份帶有神力的賀禮。不同的守護物有著不同的特殊力量，是一份將會跟隨一生的禮物。

神祇都是以自然的靈氣爲基礎、以人類的信仰爲糧食而誕生的強大生靈。祂們沒有肉體，強弱取決於信仰堅定與否。換句話說，王族與神明之間所擁有的是一種神奇的共生關係。守護神會挑出與自己靈氣相近的王室成員，在孩子成長的期間守護他、侍奉他、教導他；而王族則是替神明建立及確保信徒。這種互惠互利的狀況已經持續多代，至今仍沒有改變。

這些王族嬰孩最初所獲得的會是一道光芒，這股光亮會先存放於皇宮的神殿中，隨著該名王族的成長而逐漸改變形態。直至對方長大成人、守護物也成長得差不多了，便會在祭司的祝福下得回這份誕生時所獲贈的力量。

到了此時，這名王室成員便能經由這份守護物與所屬的神明交流。因此對王族來說，守護物的存在是非常重要的。

順帶一提，這個國家上至貴族下至平民，成年的限定均爲二十歲。可是卻獨獨只有王族限定爲十七歲成年。也就是說今年的生日我便能把誕生禮取到手了。

由於我是排行最小的公主，因此在我之上的三名姊姊已經接受了自身的誕生禮。性格正直的大王姊倒沒什麼，然而二王姊性格凶狠殘虐、三王姊奸狡陰險，兩人在取得這份誕生禮後簡直如虎添翼，往我身上看過來的視線也由帶有殺氣變成了帶著強烈殺氣……因此與我最親近的大王姊出嫁他國以後，我便向父王提出搬出皇城遷居南方的請求。直至今年快要成年以前，我這才千里迢迢返回王城取回我的保命符。

先聲明，遷居南方並不是因爲我怕了她們……好吧！我承認對她們的狠毒手段確實是滿忌憚的，可是並不是「完全」因爲我怕了她們……由於排行最小，與王位沾不上邊的我總是喜歡裝扮成平民偷溜出宮殿玩耍，也許是在市井間混久被潛移默化了吧。我自小便很討厭皇親貴族的繁文縟節以及勾心鬥角。若是爲了出口惡氣，而最終「不小心」爭了個王位回來的話怎辦？她們喜歡的話就任由她們自個兒爭個狗血淋頭好了。比起皇宮中的生活，我更偏愛民間的平凡與安穩。

很快地，馬車便到達城門前，一堆歡迎的士兵及民眾也與城門一起映入眼簾。士兵就罷了，怎麼連民眾也聚集了這麼恐怖的數量？面對眾人帶著愉快笑容的歡迎目光，我二話不說立刻拉上了馬車的簾子。

「……殿下，這個時候應該露出優雅的笑容向人民揮手致意才對。」被我拉進馬車中同行的貼身侍女妮可善意地提醒道。雖然她的語氣有禮，可那不贊同的眼神及冷冰冰的樣子卻深深地刺傷了我弱小的心靈……

對於這名從小便跟在我身邊服侍我的侍女，老實說我還滿怕她的。

可是，若我在此「拋頭露面」的話，那直至我生日取得守護物的日子還有一星期的時間，不就無法混出宮殿玩了嗎!?

難得過了五年，現在王城應該沒有多少人認得我的說……

而且又不是國王出巡，現在只是沒有實權的四公主回國而已，怎麼國家也列出如此盛大的歡迎陣容!?

「我想這歡迎隊伍並不是國家所要求，而是自發前來的。」看穿我的想法，身邊的妮可盡責地解答了我的疑問：「除了守門的衛兵外，都是一些與殿下有交情的騎士，以及受過殿下恩澤的人民。」

「恩澤？」疑惑地側了側頭，努力思索著自己曾施予過什麼恩惠。這些年來我就像隱士般不理政事，不會是認錯人了吧？

「他們是來自荒野的民族。」妮可體貼地再補了一句。

啊！我想起來了！五年前我遷居南方時，正好遇上因沙暴而流離失所的荒民。看到他們那副可憐兮兮的模樣，我便花了筆零用錢買了一片土地來安置他們。

反正隱居以後我便不用裝出公主的排場，除了基本的生活費外，每月定期收到的零用錢也不太用得著。當時心想這筆錢放著也是放著，就用來稍微幫他們一下吧！事情過後我也沒有多放在心上。

「原來是他們嗎……」的確，仔細一看便會發現有不少人的衣服上繡有荒民特有的圖騰。

「還有查理斯家族。」妮可補充。

喔！那個被敵對的貴族冤枉而差點被弄得抄家滅族的那個家族嗎？記得是在我

十歲那年偷溜出宮玩耍時，無意間預先得知這段陰謀，當時閒極無聊的我便順道引出幕後黑手並惡整他們一下，而查理斯家族也就因而得救了。

等等！印象中我好像沒有表明身分耶……是他們自己查出來的嗎？眞不愧爲連貴族也忌憚三分的商人世家！

「右邊的是暗黑教的教徒。」

嗯，是那群由於信仰獨特而差點便被處以火刑的教眾。

「還有這些是得罪了二殿下、三殿下後，被公主殿下吵到陛下面前所救回來的犯人。」

「……」我已經不知道該佩服自己閒來無事做了這麼多好事，還是該佩服妮可的記憶力好了。

何況那群差點因小事而被兩位王姊處死的歡迎隊伍，數量竟比龐大的暗黑教信徒還要多！這點認知就更讓我感到無言。

「另外這一邊的是……」身旁的侍女仍是很有耐性地繼續講解著。

「妮可。」

「是。」

「謝謝，妳可以不用解說了。」

聳聳肩，她便聽話地不再言語。後來忽然想起了什麼似地眨眨眼，問道：「殿下，妮可可以請教您一件事情嗎？」

接收到我許可的視線後妮可微微一笑，依舊是那謙卑有禮的態度，可是我發誓她的眼神絕對在嘲笑我！

「殿下不是說要低調行事嗎？」

「……」妮可，妳不用特意戳我的痛處了，眞的。

爲了保留往後生活的樂趣，我是死也不肯把臉露出來的。然而畢竟對方也是特意前來迎接我的，我又不是那兩名神憎鬼厭的王姊，太決絕的事情做不出來。爲了不想看到眾人失望的表情，我便命車伕讓馬車停在大道上。

看到馬車停下，本站在道路兩旁的民眾便紛紛想要圍過來，卻都被隨行的衛兵們阻止了。

「來到此處的眾位菲利克斯帝國的國民。」我以不算大、卻正好讓所有人都能聽到的聲量發言。這簡直比消音魔法還有效，四周的人們立即安靜下來，專心地傾聽我的話語：「西維亞眞誠地爲各位守候的心意感到謝意。然而由於在路途中染上風寒，請原諒我無法拉開馬車的簾子。在此獻上月之女神克洛莉絲的祝福，願月色灑遍大地、照耀出繁榮與豐盛。」

當然除了語氣外，說話的聲調我也變更過了。只要吸口氣壓在肚子裡，在忍耐得到快要斷氣的一刻，包準能發出斷續得自然又虛弱得可以的聲音。加上貴族專用的語氣以及那股自小苦練出來、優雅又飄渺的嗓音。我肯定往後離開宮殿轉回平常語調說話時，必定沒人能從聲音中認出我就是四公主西維亞！

一聽到我的致詞，眾人的情緒立即變得高昂了起來。更何況還獲得身受月之女神庇祐的四殿下親口說出的祝福話語，這就更是讓他們感動得只差沒哭出來。頓時一片回謝的話以及祝福聲便從馬車外傳了進來。

「也願暗黑之神庇佑公主殿下，願四殿下仇敵的鮮血染紅大地、靈魂被地獄之火燃燒而持續永恆痛苦。」……我好像聽到了就連月之女神也必會爲之動容的祝福（詛咒？）宣言。

面無表情的妮可忽然把臉撇過了一旁，肩膀還不停地顫抖著。

這傢伙必定在偷笑！

「感謝眾位的祝福，猶如溫暖的火光般讓我的內心充滿了光明。雖然不捨，但很遺憾我要先告辭了。」爲免麻煩，我決定把這些亂七八糟的祝福照單全收，反正被詛咒的人又不是我。

安撫過這群歡迎隊伍後，馬車便再次緩慢地往宮殿方向前進。民眾卻並沒有散去，而是尾隨在馬車後一直揮手，直至我進入宮殿範圍爲止。

感覺還不賴。

「怎麼看著我在偷笑？」瞪了妮可一眼，這小妮子由入城起便一直露出噁心的笑容。

「我沒有呀！而且一直在偷笑的人是殿下吧？」妮可笑了笑，回了一句。

很沒儀態地丟了一記大大的白眼過去，妮可自小便與我一起長大，我的什麼樣子她沒見過？在她面前我總會不禁把王室的那一套拋諸腦後，而她於私底下亦待我如姊妹般，我們的相處一點都沒有主人與侍女之分。

眞要說的話，我這可憐的四公主還要時時聽她訓話，這樣不許、那樣不准的，那時候的妮可可是凶得很呢！

其實除了妮可以外，在城堡中與我私底下稱兄道弟的人還不少。這點我想父王也是知道的，只是一直裝作不知情罷了。例如圍繞在馬車附近護送我進入宮殿的皇家騎士，大部分都與我的交情很不錯。

只因我自小愛好劍術，總是找到機會便纏著騎士們教我用劍。後來當時在任的騎士長被我纏得煩了，乾脆上報父王光明正大地把我收爲弟子。而正巧現任皇家騎士們的劍術也都是經由同一老師傳授的，因此我與這些師兄弟們混得可熟了，小時候他們甚至還是我到處惹是生非的幫凶呢！

尤其是此刻走在前頭的二人——領隊的兩名騎士長，與我更是自小一起長大的好朋友、好搭檔。

兩人都是二十多歲的青年，其中一人有著一頭典雅的黑色長髮，一雙祖母綠的眸子溫和而沉穩，整體給人很可靠、安心的感覺。單是這種奇異的安全感，我一眼便認出他是帝多家族的次子——多提亞．帝多。

另一名青年則是平民出身的利馬．安多克。一如當年那大而化之的模樣，一頭短而張狂的紅髮即使在成爲騎士長後，還是給人亂糟糟的感覺，目光卻是與隨性的外表相反的銳利，每次有偷雞摸狗的活動我總會留他一份。這傢伙劍法高明、性子又野，最重要的是很好煽動，是我小時候胡鬧作怪時的好搭檔。

想不到當年的小伙子此刻已經是堂堂的皇家騎士長了。不是我自誇自己的青梅竹馬，整個偌大的皇家騎士團可是只有五名騎士長而已，因此要當上這個職位，除了劍術高強外，聲望、領導力都必須是一等一的好，甚至連出身背景都是重要的考慮因素。

當年利馬就曾因爲平民的出身而差點沒能被選上騎士長候補，還好我與多提亞暗中施力，替他造了一個假身分（也就是威脅某不走運的貴族收他作名義上的養子啦……），加上劍術老師睜隻眼閉隻眼地默許之下，他才能一償當騎士長的心願。

就在我回想著往事之際，馬車不知不覺間已停頓下來。兩名故友立於馬車門前等待我下車。隨著妮可打開車門，眾騎士姿勢劃一地向我行了一禮，俐落的動作可看出他們平素都受到良好訓練。多提亞更是體貼地向我伸出了手，這點仍舊沒有絲毫改變，貴族出身的他依舊是那麼多禮。

微笑著將手覆上青年的掌心，在眾人的注視下我拿出王室教學多年來的成果，儀態優雅地緩緩由馬車中步出。

看到我落地的腳步輕巧穩定，完全不像生病中人的步伐，兩名騎士長都把疑惑的視線投往我身上。

剛好多提亞正好遮掩住我的身影，我趁隙回望過去，然後向二人擠眉弄眼起來。在兩人目瞪口呆之際，卻又立即把視線收回，兩秒間便回復先前那副風姿迷人的公主式笑容。

愣了愣以後二人這才反應過來，顯是猜到是本公主在裝病了。多提亞哭笑不得地搖了搖頭，一臉無奈的神情；利馬則是挑了挑眉，偷偷地向我豎起了大拇指，然而下一秒卻見他眼泛淚光地摀住了腹部，即使沒看到案發經過，我也絕對肯定必是路過的妮可賞了他一肘！

「好久不見了，西維亞殿下。很高興看到殿下風采依舊。」所謂的「風采」絕對是在暗指我裝生病的事情——小時候我最常用這招來避過討厭的課堂——溫煦地笑了笑，多提亞不忘溫和地加上一句：「妮可小姐也是，雖然我個人認為妳下手可以再重一點。」

單只看外表，這名貴族出身的騎士長百分之百是一個斯文溫煦的好人，而他基本上也是一個好人……可是實際上，有時候他還滿恐怖的——尤其他露出這種溫和的微笑若無其事地說著狠話的時候！

然後我便看到多提亞右手忽然不著痕跡地移至腹部的位置，漂亮地擋下了利馬暗暗打過去的一肘。若不是要維持公主應有的儀態，我眞想吹一聲口哨，大叫聲「擋得漂亮」。

說到口哨，這也是利馬教我的。妮可對這行為簡直就是痛恨得不得了，她說這種不正經的舉動就像痞子一樣。

看到偷襲不成，利馬也就很灑脫地放棄了。宮殿中閒雜人等眾多，並不是敘舊的好時機，雖然父王與老師都對我與騎士們的往來心照不宣，可這畢竟不是什麼能張揚的事。因此兩人機伶爽快地和我行禮道別後，便示意他們的小隊可以離開了，而眾騎士也領命轉身，可是眼角卻不時往我身上偷瞄過來。

嘴角不由自主地微微上揚，我低聲向他們笑了笑道：「晚上老地方見。」

□

告別了眾騎士，我休息了一會兒，梳理儀容後便往父王的起居室走去。

五年沒回來了，宮殿卻沒有太大的轉變。除了僕人中多了一些新面孔以外，其他的一切都給我一種熟悉的親切感。

屏退侍女的我單獨於宮殿中行走著，即使多年沒有回宮，卻依舊是暢通無阻，沒有任何守衛或侍女對我的來歷有任何疑問。因爲所有人都認得我這張臉。

我這麼說，可不是由於五年來我的樣子沒有任何改變，也不是我自戀得把畫像到處掛喔！其實說穿了，他們認得的人不是我，而是一個幾乎與我長得一模一樣的人。

眼神不期然地飄上掛在走廊上的巨大壁畫，那是個清麗脫俗的美人。金色的髮絲偏向銀白，猶如月亮似的色澤；精緻的臉、象牙色的肌膚，一雙杏眼是清澈的翠綠。她就是在我年幼時過世的母后、父王的第二任妻子。

在宮殿光滑的牆壁倒影中，我看到與母后幾乎一模一樣的臉龐，唯一不同的是我的瞳孔遺傳自父王那略帶深紫的紫藍色彩。若母后仍在世的話，我們二人互相對望時必定會像照鏡似地有趣吧。

再往前走，位於中心位置的油畫是一個英偉的青年，那是年輕時候的父王。棕紅色的髮色以及與我相同的紫藍眼眸，即使現在他已年過四十，卻無損那俊秀面容的吸引力，只是更增添了一份成熟魅力而已。可惜自母后過世以後他便立志不再娶妻，當時不知傷透了多少貴族小姐的心。

走廊盡頭的巨大壁畫是個美艷的婦人，也就是三位姊姊的生母、父王的第一任妻子。年紀比父王年長的她猶如一朵帶刺的玫瑰，聽說二王姊和三王姊的乖戾陰險便是遺傳於她。因此我想性格公平正直的大王姊必定是遺傳突變的產物，縱然三姊妹都有著遺傳自母親的紅髮、父親的紫藍眼瞳，但就只有大王姊的性子像父王。

花了好些時間總算走完了長長的走廊（這也是我討厭住在宮殿的原因之一，沒事把地方弄得這麼大做什麼？），正要禮貌性地敲上父王房門之際，那面雕滿美麗雕刻的大門忽然打開，然後一張討厭的臉便露了出來。

這個架著眼鏡、用鼻孔看人的青年一臉的嚴謹肅穆，雖然長得很漂亮，可是那副看不起人的神情實在令人討厭。他正是帝多家族的長子、多提亞的兄長——卡利安・帝多。

說好聽點，這名貴族青年是二王姊的心腹手下，說難聽點他就是王姊養的一條狗，而且是喜歡咬著獵物不放的瘋犬。千萬不能被他抓到任何把柄，不然再怎麼逃也只是落得被碎屍萬段的下場。

還好他看起來並不像條很忠心的狗，因此每天晚上向月之女神禱告時，我的例行禱告都是祈求能看到他反咬二王姊的一天。

兩頭瘋犬的世紀大對決，那必定精彩得很！

就在我胡思亂想之際，瘋狗……不，是卡利安推了推鼻梁上的眼鏡，面無表情地向我行了一禮（雖然他仍臭著一張臉，可是這副樣子就是他平常的神情，因此我姑且算他這是面無表情好了）。

腦海中不停出現咒罵眼前人的字句，可是表面上我還是儀態完美地向對方回禮，輕柔地道：「原來是卡利安伯爵，好久不見了。」

只見他高傲地仰起了臉，本來就高過我一顆頭的他，此刻配合這個不可一世的動作，讓我的注意力不由自主地集中在他那清晰可見的鼻孔上。「若四殿下想要找陛下的話，恐怕這次要白走一趟了。陛下這幾天身體不適，剛剛批閱文件後已經睡了，還請殿下改天再來吧！」

「咦！父王病了？」我這種驚訝的反應並不奇怪，擅長劍術的父王身體一向很好，不要說大病痛，平常就連小小的感冒也沒有。

卡利安沒有答話，只是冷淡地站在門前點了點頭算是回應。

「抱歉，伯爵大人、公主殿下，請問你們可否借一步讓我關門？陛下身體不適，受不得風寒的。」看不過我們阻撓她關門的侍女終於出言趕人，看來父王生病的說詞並不假。我也不好意思再攔著卡利安，只好滿心疑惑地讓了開去。

既然見不到父王，那麼中午的時間便多出來了，與其留在宮殿中無所事事，倒不如早一點偷跑出去逛逛吧！運氣好的話說不定還可以遇上以前在市井認識的豬朋狗友……不！至交好友。

既已打定主意，我便算好時間來到城牆前。城宮的守衛交替有著高度規劃的好處就是，即使歷經十年的時間，他們巡查路線的模式也不會改變。雖然爲了防止被人輕易看透，會定期更改巡邏的路線及換更時間，可是還是有著一個既定的模式，外人或許看不出來，可是又怎會難倒在宮殿出身成長的本公主呢？

雖然我已經不是當年那不被允許擅自外出的小公主，可是爲免身後出現長長的護衛軍影響我閒逛的好心情，也爲免出宮的消息會傳至外界那些狂熱粉絲的耳中，更爲免老姊們知道後製造什麼「意外」給我，我還是決定盡量低調地偷偷跑出去。

順利避過了巡邏中的衛兵，我繞至城牆的南面——這是小時候住在皇城時無意中發現的死角位置，因古舊而突出的磚塊剛好造成駐守士兵視覺上的盲點。幾下借力的跳躍後，我便掠過城牆到達宮外了。

ch.2 承繼權

由於承繼自母親的容貌實在太顯眼的關係，因此除了換上平民的服飾外，我更刻意用頭巾遮住了一頭淡金長髮。雖然事隔五年，我已由當年的小女孩成長爲少女，然而大家都知道四殿下有著猶如精靈族似的美貌，還有彷如月之女神轉生、罕有的月色髮絲，所以還是不要讓這兩個特徵同時出現得好。

離開多年，如今王城好像比以前更熱鬧了。很快地，我便走到一條專賣法石及晶石的街道，如先前所說，這個國家有著不少神明，很多時候只要祈求及奉上某種帶有能力的東西作祭品，神明便會把神力外借給你，而當中高質素的水晶就是最佳的媒介。

只是人類畢竟是沒什麼魔力的種族，尋常的魔法師即使使用最昂貴的晶石，也頂多能喚出一些中級魔法。因此對於魔力不高的人來說，還算有用處的魔法也只有治癒術而已。若把魔法用以攻擊的話，除非使用者的魔力高得嚇人、又或是擁有高階的神明庇蔭，不然實用度並不高。即使如此，學習魔法的人還是與日俱增，因爲大家都喜歡使些小法術來裝飾。

說到使用魔法最強的種族，絕對是精靈族，然而他們都居住於人跡罕見的森林裡，平常於城市中是很難遇到的。

我經常在想，母親有著精靈族血脈這個傳言必定是美麗的誤解。因為同樣流著母親血脈的我，怎樣也不覺得自己的性格像精靈族那麼孤僻呀！

隨意挑了幾顆貴得嚇人、純度卻很高的晶石，雖然人類使用魔法的攻擊力不強，可是無可否認，對於治療及某些奇怪的用途上，晶石的實用性還頗高的。

母親是難產致死，可奇怪的一點是，她的遺言竟是將來不能讓我接觸魔法！因此自小父王雖對我採取放任的教育策略，然而就只有這點他無法退讓。所以我的劍法雖不錯，但對魔法卻沒什麼概念，也許就連一名普通的平民小孩也比我懂得多。

雖然不能使用魔法，可是我卻能買回去皇宮交給祭司們，說不定當中有某些晶石對父王的病情有所幫助。

「我還在想是哪個小鬼眼光那麼好，原來是妳這丫頭。」一雙修長美麗的手臂從後把我抱個正著，伴隨甜膩的聲音及背後那「有料」的觸感……不用回頭察看，我便知道身後的人絕對是這間魔法店的店長妮娜。

「好久不見了，妮娜。」嘴巴打著招呼，我的手也沒有閒著，從斗篷中取出了短劍，指向身後那對我不停性騷擾的女子。

咯咯嬌笑著鬆開了手，妮娜手指繞了繞那頭閃亮的金棕鬈髮，滿臉哀怨。「眞是的，小丫頭脾氣就是不好，眞想讓城裡那些支持妳的民眾看看妳的眞面目。」

抱怨歸抱怨，妮娜其實還滿疼我的，二話不說便替我手裡的水晶打了個七折：「我就說嘛，妳眞的不打算學習魔法嗎？我看妳挑選晶石的眼光那麼好，妳對魔法的天賦說不定比劍術更高喔！」

「魔法這種東西我連碰也不能碰，妳知道的。」聳了聳肩，我無奈地回答道。

「嘖！眞是可惜了如此優良的『原石』。妳知道我妮娜可是不會胡亂收徒弟的，其他人想要我教，人家還不肯呢！」妮娜再接再厲地伸出了手輕撫我的臉龐，這種輕度的性騷擾倒還在我能接受的範圍，因此也就由她了。

忽然一聲巨響從另一邊的晶架上傳來，只見一名黑髮少年不小心把整個陳列著晶石的木架拉垮，還好並沒有壓到任何人。慌亂著想要爬起身的少年手一拉，正好就把陳列架旁的整張桌布拉下——連帶桌面那些珍貴的魔法草藥也跟著遭殃。

看客人們完全不爲所動、一副見怪不怪的神情，就知這種事情是店裡的家常便飯。我見少年慌慌張張地站起鞠躬道歉、再慌慌張張地把一地的晶石及藥物撿起來，不禁板著臉問：「那麼，從不輕易收徒的妮娜，請問妳收徒的標準是以對方的闖禍程度而定嗎？」

黑髮少年的闖禍度已經不是加法，而是用乘法來擴大問題！

「嗚……妳不再要說了。」掩面而泣的妮娜也很納悶，到底這名徒弟要把店鋪破壞到什麼程度才願意罷手？

黑髮少年把一切收拾好後，抬頭時正好對上我的視線。只見少年愣了愣，皺起眉思索了一會兒，一臉驚喜地總算認出我。

看到少年喜悅地往我的方向跑來，我內心立即警報鈴聲大作。拜託你不要跑好不好!?明明就是走平路也會出事的命，現在竟然還跑起來……說時遲那時快，伴隨一聲慘叫，我只覺腰間一緊，在強大的衝撞力下頓時與少年跌作一團。

當然我怎麼說也是自小學劍的，跌倒瞬間優越的反射神經便自動把身體轉至能緩衝衝擊力的姿態，因此除了一點瘀青外倒沒受到什麼大傷害。然而身爲魔法師的少年就沒這麼好運了，本就是衰運纏身的他再加上魔法師的柔弱身子，右腳不偏不倚地撞到桌子邊緣。這麼一割，一條長長的傷口頓時出現，鮮血淋漓得怵目驚心。

妮娜無言地拋過一顆通透的水晶，少年笨手笨腳地接住，然後一陣閃光，那道猙獰的傷口頓時消失無蹤，只剩下一腳的血污；而同時間我身上的瘀青及疼痛也消失了。

傷口恢復後，水晶便「啪」地一聲粉碎開來，碎片就如燃燒殆盡的火焰般消失於空氣之中。

治好了腳傷，少年便又立即想撲過來與多年不見的我相認。妮娜眼明手快地像抓小動物似地拉著對方的衣領，不讓他再破壞自家店鋪：「夏爾，先給我回去換過乾淨的長褲，還有晶石的價錢會從你的薪水扣。」

向來不敢違抗師父的話，夏爾只好邊走邊頻頻回頭望向我，哀怨的眼神活像一個被丈夫拋棄的怨婦。

「今晚我會與利馬他們在老地方碰頭，你下班後再過來找我們好了。還有，走路小心點，不要跑。」受不了夏爾的眼神——哀怨得讓我差點兒想不顧儀態地當眾暴力相向——我無奈地拋下一句話後，少年便歡天喜地露出了大大的笑容，然後腳步輕快地小跑回房間。隨即一陣慘叫聲……不是叫你不要跑了嗎……

「眞是個麻煩的孩子。」妮娜一臉受不了地抱怨。

「啊啊！是嗎？」挑了挑眉，我雲淡風輕地說道：「那還眞的呢！經常跌得東倒西歪的老是受傷，雖然使用晶石療傷正好可以當作商品表演招攬客人。說起來，夏爾使用治癒術好像連咒語也不用唸喔？不過確實浪費了好好一枚水晶就是了。可是話又說回來，剛才好像聽見晶石的價格會從他的薪水扣？」

「……好吧！我收回剛才的話。」妮娜心虛地縮了縮身子。

爲了轉移我的注意力，妮娜手一拍，擺放於櫃台的晶簇浮現出淡淡的光芒，隨即我所選購的貨物便飄浮進精緻小巧的禮物袋內，絲帶還自行束了一個漂亮的蝴蝶結呢！

雖然不是第一次看到，可是每次都覺得好神奇。

淡淡地瞟了我一眼，妮娜嘆道：「看妳眼神都發直了。若眞的喜歡的話，爲什麼不向妳父王爭取呢？我相信開明如陛下是不會拒絕妳的。」

「也不能說是很羨慕，只是好奇而已吧！」言不由衷地說著，人總是貪心的，得不到的東西往往愈是嚮往。可是我卻不想求父王，不是怕他不答應——我知道妮娜的話是對的，父王最終必然會笑著頷首——我只是不希望用與母后相似的臉容，再次提醒父王他的愛人已經過世的事實。

那畢竟是他此生最愛的人最後的請求啊！

「我說小維呀……妳這性子還真是一點兒也沒變。」妮娜輕揉著我那頭戴上頭巾的長髮，勾起一個無奈的笑容，似乎有點悶悶不樂的樣子。

側了側頭，我疑惑地回望著她。

「算了……當我沒說。」聳了聳肩，妮娜又再度回復那甜得膩死人的笑容：「倒是妳這條頭巾，真是太沒品味了！醜化自己也不用這樣子吧？」

「喔！真是抱歉，我應該打扮得美美的出門，然後遇上崇拜我的瘋狂粉絲，接著被人從城東追至城西、再由城西追回至城東才對。或許我應該把人引到妳的店內增加顧客量？不過妳確定這間小店鋪不會被他們踩平嗎？」丟了記大大的白眼，我沒好氣地說道。

「妳呀！這點也沒變，還是這樣得理不饒人。」妮娜搖了搖頭，打開裝有多枚細小晶石的絨袋，向袋裡的晶石唸了個簡單的咒語，淡紫的水晶頓時浮現出七色彩光。

「喏，給妳。放在髮邊默想著想要的顏色就能改變髮色了，效力可維持一整天。」在我想要拒絕前，妮娜搶著說道：「魔力是我添的，咒語也是我唸的，這不算使用魔法吧？快點把頭髮染好後脫掉這頭巾啦！看了礙眼。」

「可是妳給的也太多了。」一袋裡的小水晶竟有數十顆耶！足夠我染整整一個月的頭髮。

「省著點用吧！」妮娜意味深長地說：「或許往後的日子妳還用得著它們。」

我沒有把這番話當作她一貫的瘋言瘋語看待，雖然妮娜的性格有點古怪，不過她消息可是靈通得很。或許我該打探一下最近王城有沒有異樣了。

這次的收獲不少，我讓妮娜用傳送魔法把晶石轉移至宮殿後，便隨意用她送的小水晶將髮色染成平凡的深棕色。

照了照鏡子，失卻那銀金系的髮色後，一身神祕飄渺的感覺頓時消散了不少。雖然臉容依舊美麗，可是卻再也不會讓人聯想到有著精靈美貌的四公主了。滿意地點了點頭後，我決定就這樣子步出店鋪，反正即使對效果不滿意，那款式老舊的頭巾也早已被妮娜放出的魔法火焰燒得連灰也不剩……

妮娜，妳與這條頭巾有著什麼不共戴天之仇嗎？

此時天色已經暗下來，想起與騎士們的約定，我便告別了妮娜，離開店鋪後往城內狹窄的小巷走去。

鑽進陰暗小巷後，複雜得猶如迷宮的路線便出現在眼前。這兒統稱「黑街」，即使是在城中土生土長的居民也沒有多少人有膽量進去一探究竟。只因裡面龍蛇混雜，既有進去購買情報的貴族，也有被通緝的惡徒，然而不論是哪一種，都不是一般人所能招惹的。

自從脫下那條奇怪的頭巾後，一路上不乏路人們投來的驚艷目光及搭訕的公子哥兒。我的對付方法嘛，遇上平民的話便直接往他弱點來上一腳以絕後患，貴族則「不經意」地拿出多提亞偷偷給我的、印有帝多家徽的紋章張揚一下（在此眞的不得不讚賞多提亞的細心以及先見之明）。

不論使用那種方法，最後都是以對方蒼白著臉彎下腰作結尾……只是第一種人是痛得彎下了腰；第二種則是嚇得不停躬身道歉就是了。

進入「黑街」，搭訕的人反倒變少了，隨之而來的則是帶有惡意及警戒的強烈視線。我也不加理會，繼續前行，反正我對自己的劍術有信心，何況眞有什麼萬一的話，只要大叫一聲，數十名強悍得見鬼的皇家騎士便會從不遠處的酒吧擁出來替我圍毆敵人。

不知是否感受到我不自覺散發出來的殺氣，直至踏進酒吧的一刻，都沒有人上來找我麻煩，老實說我還眞的對此感到有點失望耶……

進到酒吧後，我毫不猶疑地闖進掛有「閒人勿進」字樣的員工室，店員們只瞄了我一眼便繼續手上的工作，完全沒有阻撓的意思。

爲什麼？因爲這家酒吧是我用利馬的名義開的嘛！

推開員工室的暗門，早就待在裡面的騎士們立即對我熱絡地招了招手。在這兒聚會時我們的關係只是「朋友」，這點是大家早有共識的，即使隔多少年也不會改變。

「小維妳的頭髮怎麼了？終於進入叛逆期，學人家染起髮來了嗎？」剛坐下，利馬便笑著揉亂我那頭深棕色的長髮。雖然他的力度控制著沒弄痛我，但還是讓人很火大。

他大概以為憑著身高的優勢我無法反抗吧？因此笑得實在是很欠揍（我的手搆不到他，嗚……）。掙扎了一會兒，我忽然躍起以頭頂撞上他的下巴。顯然猜不到我會出此一著的利馬被狠狠地撞個正著，摀住下巴痛得說不出話來。

哼！活該！

「我說，公主這幾年間是不是變得更暴力了？」利馬的副隊長卡戴維忽然蹦出這麼一句話，然後所有人很不給面子地一致點頭——除了多提亞。

寵溺地替我撥好被揉亂的髮，多提亞溫和地維護著我：「剛才是利馬不好。」

利馬瞪了我們一眼後，便把殺人的視線轉向自家副隊長。卡戴維立即會意地從懷裡取出晶石，向利馬的下巴使了一個治癒術。果然夠機靈，難怪這些年來也沒聽聞利馬幹出什麼驚天動地的大事，原來是有個出色的副隊長在照顧……在扶助他。

「說起來，菲洛人呢？」我環視四周，沒看見菲洛——多提亞的副手。

「……他外出視察了。」一聽到菲洛的名字，多提亞的笑容立即變得異常燦爛，然而熟悉他的人都知道，多提亞露出的笑容燦爛度往往與他的心情成反比。

「他又失蹤了呀……」我不禁懷疑，上一任的皇家騎士長挑選繼承人時也不知是否故意，隊長與副隊長間總是一個能幹一個散漫。而我眼前的，正是活生生的好例子——第二分隊的副隊長老是搞失蹤，而第三分隊的騎士長則是成事不足敗事有餘。

喝了口蜂蜜（不用懷疑爲什麼酒吧會出現這種東西，如先前所說的，這間酒吧是我出資開的），我興高采烈地與一眾舊友談天說地。即使多年不見，大家也有著說不完的話題，頓時彷彿回到了童年時光。

「說起來，經常外出征戰的二殿下最近一個月都沒離開過城堡，這點還滿奇怪的。」其中一名騎士聊起了有關王姊們的話題，引起了我的注意。

另一名騎士則說：「這算什麼，沒有宗教信仰的三殿下近期好像頻頻與祭司見面，這才教人覺得奇怪呢！」

我頓時默不作聲。由於父王至今仍沒有決定繼承人，因此我那兩名野心勃勃的王姊不時便會爲了繼承權而吵得翻天覆地。雖說是同一父母生的姊妹，可是她們總是一副恨不得生呑對方肉、活喝對方血的樣子。目前宮殿裡的狀況雖然看起來還算平靜，但只怕一切是暴風雨前夕的寧靜。

「維，別擔心，我們會幫妳的。」多提亞的溫和微笑一向有著安定人心的神奇效果，然而這一次我卻被他的這句話嚇得驚惶失措。

「不不不！我一點也不想蹚這渾水！」慌亂地搖頭，拿回我的誕生禮後，本公主便會躲回南方，我才不要捲進兩位王姊的爭奪戰中！

吵吵鬧鬧的四周瞬間忽然安靜下來，每個人都用一種奇怪的神情看著我。疑惑著是我說錯了什麼嗎？

當中感情表露得最明顯的就是利馬，面對他一副恨鐵不成鋼的神情，我立即倔強地回望過去。至於多提亞則很快恢復了那溫文的笑容，笑著拍了拍利馬的肩膀：「好了，別露出這麼可怕的表情。維她還小，總有一天她會懂的。」利馬勉強地點了點頭，這才撇開緊瞪著我的視線。

「我十七歲了！不要說我小！」眞是教人火大耶！什麼我還小的，就好像我說的話只是孩子氣的無理取鬧。「我喜歡自由自在的生活，對那個高高在上的王位提不起絲毫興趣！若每天要像父王一樣埋首國事，我才高興不起來呢！」這種苦，讓那兩個討厭的王姊去受好了！

「那又怎樣？我也不是因爲當騎士很輕鬆才當的。」利馬冷冷地說著。不能否認，認眞起來的他眞的很有魄力，讓人無從反駁。面對他那種嚴肅的凝視，我的氣勢立即被比下去。

「維，別太擔心。」安撫地泛起柔和的微笑，多提亞溫煦地道：「若是爲了守護您，我們願意付出生命。」

「……我最討厭你們說這種話。」對於騎士們的忠誠我沒有絲毫喜悅，內心生起一種苦澀的情感，壓得我喘不過氣來。

最厭惡這種話了。

因此，才不想成爲王。

眾人愣了愣，似乎猜不到我會這麼說。利馬卸下臉上的冰冷，瞬間神情柔和了下來；而多提亞則是深深地看了我一眼，然後輕柔地撫了撫我的長髮。與利馬那惡作劇的逗弄不同，順著髮絲撫摸的手並不會把頭髮弄亂。感覺很舒服，溫暖的觸感讓內心悶悶不樂的感覺消散了不少。

「也對呢！也許正是因爲如此，我們才願意追隨您。」

一個能了解他人痛苦、不喜歡有人死亡、會對死亡感到悲傷的人，而這個人正是國家其中一名擁有直系繼承權的王位繼承者。

這教他們怎能不跟隨她？還有誰比她更適合成爲一位王者？

我疑惑地看著他們的轉變，實在不明白他們怎麼忽然間情緒大起大跌。不過算了！總而言之利馬別再臭著一張臉，而那個王位的話題也別再提起便好了。

隨即我便很慶幸，喚夏爾過來這個決定果眞沒錯！雖說少年自小便經常寄住在皇宮中，因而變得與利馬他們很熟絡（沒辦法，誰教他總是那副惹禍精的德行。因此每隔兩、三天妮娜便會把他趕出家門，以免店鋪被自家徒弟破壞殆盡。不忍心看著少年露宿街頭的我只好動用公主的特權，安排夏爾暫時寄住在騎士長的房間裡），可是夏爾畢竟是普通的平民百姓，因此少年到來後眾人便有了顧忌，也就沒再提起繼承權的事情了。

□

難得的聚會，大家玩鬧得很盡興，散場時都已經是凌晨三點了。

且不說身為騎士的他們明天還有晨操，單是看他們醉得東倒西歪的樣子，我的腦海裡不期然浮現出皇家騎士第二、三分隊集體缺席的八卦新聞。

不過第二分隊有千杯不醉的多提亞在……至於第三分隊，不要說是喝醉了，即使戰死沙場，只要身為隊長的利馬一天有著賴床的可能性，卡戴維還是會從地獄爬回來，然後朝利馬那張睡得正幸福的睡臉踩啊踩地把他踩醒吧？

就在我拉起了斗篷、打算混在騎士們之中與他們一起回城之際，兩個身影與我擦身而過。那是一對看起來很普通的青年男女，可是卻令我不期然頓住了腳步，並且生起一種難以言喻的奇妙感覺。

這對男女並不是普通人，至少他們很強。

從小時候起，我便擁有準確得神奇的直覺，尤其對於「強者」更是敏銳。這種直覺向來很少出錯，拜其所賜，我結交了不少外表與常人無異的奇人異士，不過卻也因此經常被扯進一些奇怪的事件之中。

正所謂好奇心足以殺死一隻貓。在多次被我連累後，利馬與多提亞竟開始也產生出奇異的超直覺——後天的，而且只對察覺出我將會做出的奇怪行徑有效——這被妮可稱之爲動物求生的進化本能。

總而言之，自從這二人產生這神奇的觀察力後，我被牽連進怪事件的機率也相繼減少了。然而此刻也不知道是否被酒精痲痺了神經，就連一向敏銳的多提亞在我說及要自行離去時竟也沒察覺出異樣，只是微笑著與我揮揮手道別。

不是完全沒有猶豫，可是好奇心最終戰勝了一切。雖然闊別五年，可是黑街依舊是我熟悉的地方。即使眞的發生什麼事，相信以我師承自前任皇家騎士長的卓越劍法還是足以應付的。縱然天外有天，但求個全身而退也應該不會太困難吧？

懷著這種有點輕率的想法，我轉身便往那雙男女離開的方向追去。

□

漆黑的斗篷完美地融入了夜色中，保持著一定的距離，我不疾不徐地跟蹤著二人。斗篷果眞是幹壞事的好道具，夜色裡，那對男女絲毫沒有察覺到我的存在，很快地，便見二人轉身閃進一間殘舊的廢宅中。

尾隨著他們的我，於廢宅外透過破舊的窗戶偷偷往屋內看過去。

屋內荒廢的程度比表面更有過之而無不及，加上一股散發霉味的潮濕氣息更讓人感到不舒服。沒有什麼家具的室內空間一覽無遺，然而卻失去了那雙青年男女的身影。

我疑惑地再次掃視屋內一周，確認裡面根本就沒有可供人躲藏之處後便乾脆放棄了。反正跟蹤他們也只是因爲好奇，犯不著因而涉險，這兩人並不是泛泛之輩，廢宅的出入口也只有大門及這扇破窗而已。也就是說，他們仍在屋內，而我之所以看不見，則說明了這間看似長久沒人居住的廢宅有著看不見的暗道。

弄得那麼神祕，準不會是什麼好事情。若是平時，我或許會去一探究竟——畢竟我也是出名愛惹事的人——可是自從回到王城後，我總隱隱有著不祥的預感，且益發強烈……

天知道我的直覺總是該死地準確！

我只想平安地取回我的誕生禮，然後回到南方去過我那不問世事的安穩日子。老實說我還滿有投資眼光的，很多以前貪圖好玩而以其他身分開設的店舖，不是賺翻天就至少也有著平穩的收入。即使日後父王駕崩後的王室生活過得不爽，也大可隱姓埋名地過著富裕的生活。

其他人都說——請成為王吧！

可是我自知並不是當王的料子。

嗯……舉個例子，若鄰國——也就是與菲利克斯帝國同等兵力、大姊夫所統治的佳斯塔克——忽然發起瘋攻打過來的話，我必定會二話不說地主張投降……

對戰爭、保家衛國這種事我並沒有幹勁，打勝仗人民也不見得能獲得什麼好處。雖說吸收戰敗國後能增強國力，可是變強以後又怎樣？人死掉就是死掉，死掉就什麼都沒有了吧？而一場戰爭下來，到底會死掉一萬、十萬，還是百萬的人民？

我認爲國家怎麼樣並不重要，有著「菲利克斯帝國」這個名字的國家在這個世界中存在也好、不存在也罷，比起那些，重要的是人民。

所以說，若把國家交給我，說不定瞬間便被我亡國了。

我可沒興趣成爲一個會亡掉國家的王……

無奈地笑了笑，笑自己擔心太多了。排行最小的我怎麼說也不會是繼承者吧？都怪多提亞他們說了莫名其妙的話，弄得我此刻心緒不寧。待我取回誕生禮，一切都塵埃落定以後，我可也要找個難題給他們玩玩才公平！

想到這兒，我便不再久留這個是非之地，往宮殿的方向走去。

ch.3 暗湧

一時間睡不慣宮裡的床，當清晨的第一絲陽光射進睡房時，我已經煩躁地在床上翻來滾去，就是怎樣也無法再次入眠。

反正既已清醒，我也不再戀床，梳洗以後換上一套輕便服裝，並把長髮隨意束成高高的馬尾。我拿著劍就以這個樣子跑出去，準備挑戰皇宮中那久違的晨練。

怎料左腳才剛踏出，便好死不死地遇上路過的妮可。

「天呀！殿下！妳該不會想就這樣子跑出去吧？」少女以幾乎快要暈倒的神情，伴隨悲壯的語氣強行把我推回房間內。把門關上後，她便逕自往我的衣櫃內東翻西找，害我都不知道這到底是她的房間還是我的……

應該說，到底她是公主還是我是公主？

這個問題在這短短的六年間我已經於腦海內抱怨了無數次，然而卻一次也不敢把話說出來。誰敢反對目露凶光、面目猙獰的妮可大人啊！又不是活膩了！

總覺得這小丫頭似乎有與生俱來的暴力天賦，天知道這麼嬌小的身體爲什麼能有如此驚人的怪力。另外，我很懷疑她其實有雙重人格，平常總是一副冷若冰霜的神情，然而一發起飆來便會變得無敵暴力。

最令人無奈的是，讓她暴力性格跑出來的原因，總是由於她對我那身爲公主應有的言行舉止過度執著之故。自她九歲、也就是剛成爲我的貼身侍女時，便曾因爲不爽利馬教我吹口哨而跑去暗殺……不！痛毆他。

聽當時在場目擊者的證詞，當天不發一言的小妮可一拳便往利馬臉上打去。也不知是否因循著「壞人遺害萬年」的不變眞理，利馬奇蹟性地腳一滑，竟被他躲過了迎面一擊。

聽說見習騎士房間外，那片大理石牆上的神祕坑洞，便是小妮可的傑作。

這件事也不知道是眞是假，可是從此以後我便不敢招惹發瘋中的妮可了……

至於爲什麼當年妮可只是在石牆上打個洞便了事，並沒有將那隻紅色害蟲從我身邊趕盡殺絕呢？

聽說，這也是聽說啦！在小妮可正想要斬草除根地擊出第二擊之際，與利馬同行的多提亞微笑著上前，在女孩的耳邊不知說了什麼……

從此妮可對利馬的攻擊便有所收斂，頂多打得他躺平一、兩個月而已，多年下來竟也沒有要他的命。

結論同上，雖然並不知道事情的可信度到底有多高，但從此以後在「危險人物排行榜」上，我悄悄地加上了多提亞的名字……

在我胡思亂想之際，妮可已經替我換過一套款式簡潔卻又不失英氣的軍服。流暢的線條以及貼身的剪裁便於活動，想不到我的衣服中竟連軍服也有，這到底是怎樣來的!?

「多提亞大人去年送給您的生日禮物。」讓我脫下那件又皺又舊的便服後，妮可的心情似乎平衡多了，表情與聲音也回復成先前的冷漠：「除了利馬大人送的低級趣味的猥瑣物被我丟棄以外，殿下所有的禮物我每年都會打理並安置好的。」

「喔……」任由她解下我胡亂束起的頭髮細心梳理，我回想起那一大堆每年都會千里迢迢送到南方的生日禮物。回去以後眞的要找個時間全數察看一次，看看還會有什麼稀奇古怪的東西！

話又說回來，「低級趣味的猥瑣物」……利馬那傢伙到底送了什麼給我了!?

再度替我把月色長髮束成馬尾，妮可遞過一面鏡子，詢問：「請殿下看看髮型還有沒有需要調整的地方。」

可有可無地瞄了一眼，鏡中人耀眼的美貌遺傳自過去曾被譽爲菲利克斯帝國第一美人的母親，然而與母親那文靜的氣質不同的是，那張幾乎一模一樣的臉龐散發出的是一種凜然的美。妮可簡約地用銀紅色的髮圈來襯托我那淡色系的長髮，搶眼亮麗卻又不會過於浮誇。

「不錯嘛！視野良好、髮圈也很穩固。」我滿意地點了點頭，心想自小妮可便不許我把頭髮剪短，這麼長的馬尾說不定還能當作鞭子來暗算敵人呢！

不知爲何，妮可聞言後長長地嘆了口氣，並以無奈的表情說道：「感想就只有這些嗎？殿下好像從來都不曾在意自己的裝扮到底好不好看。」

「反正我早就知道了，即使不用特意打扮，我也已經長得很好看了呀！」

「……殿下。」

「嗯？」

「妳這種說法眞的很欠揍耶！」

□

總算擺脫了妮可的糾纏，當我趕到廣場上時晨練早已開始。果然如我所料，第二、三隊的成員一個也沒有少……咳！除了第二隊那聲稱「外出視察」的副隊長以外一個也沒有少……只是有不少人因宿醉而雙眼滿布紅絲、頂著大大的熊貓眼使劍便是了。

此刻正好輪到了利馬與多提亞的對練，我連忙小跑步上前。這兩名實戰派的戰鬥果然可觀，很多皇家騎士也放下手中的練習圍過來觀戰，一時我倒還真找不到位置鑽進去。

「四殿下！」遠處的卡戴維向我招了招手，我立即放棄無意義的舉動走到他身旁，而這位副隊長早就替我留了一個絕佳的好位置。

「我就猜想殿下會來，因此預先留下一個觀戰的位置。」不得不再次讚揚一下，卡戴維真是機靈，那個大剌剌的笨蛋紅髮隊長與他根本完全不同層級。

場內的精彩對決瞬間吸引了我全副心神。利馬與多提亞於皇家騎士團中都是以劍術著稱的實戰派，然而使劍的特質卻又截然不同。利馬的劍術是銳利又狂妄，單是氣勢已經夠看的了，猶如狂風烈焰似的攻擊，總是能把敵人攻個措手不及，簡單來說就是典型的進攻派。

至於多提亞卻是智慧型的劍士。他總能冷靜地尋找對手的空隙然後後發先至，往往所攻的都是敵人的死角，許多時候對手只要一個不注意便會被一擊秒殺，手法陰險……不！聰明得很。

若要我來評論的話，與利馬對戰的下場是累死（身體上），與多提亞對戰的下場也是累死（精神上），所以其實也沒差啦！

一直凝神觀戰的我瞬間神色一凜，身旁卡戴維的眼神也同時銳利了起來。

逮到一個空隙，多提亞瞬間閃身向前拉近了二人的距離，劍刃由下而上地往利馬的死角位置斬去。

利馬不避反進，硬是撞進對手懷中，而二人的劍也因過於貼近而失去了傷敵的功用。隨即利馬舉起握成拳頭的左手，眼看就要往多提亞那張秀氣的臉上打過去……

嘴角勾起淡淡的笑容，我輕聲地喃喃自語：「還眞是亂七八糟的打法。」

可是好強！

亂七八糟得連劍也棄之不用，好好的劍術練習被利馬搞成了近身肉搏。可是不能否認這是最有效的應對方法。

眼看拳頭就要擊中多提亞的臉了，他卻仍不見絲毫慌亂。在眾人的抽氣聲中，忽見利馬的拳頭於半空中停頓下來。

多提亞用來格住敵人拳頭的，是掛在左邊腰間的劍鞘。

然而利馬不愧是進攻派，身體的反射動作確實非常卓越，眼看右拳被劍鞘所擋，左手一反便依樣畫葫蘆地拔出腰間的劍鞘，直指對手那毫無防禦的咽喉。

「嘖！又是平手！」

「啊啊！再一次平手了呢！」

語氣迥異的話語卻同時訴說著相同的事實，不少在場的騎士聞言後都露出了疑惑的神情。然而當場中的兩名隊長拉開彼此間的距離後，眾人便恍然大悟。

多提亞右手所握的劍，不知何時已抵在利馬的腰側。如此一來，在利馬用劍鞘向對手的咽喉使出刺擊的同時，腰側的劍刃便會把他攔腰斬成兩截了吧？

因此是平手。

二人那神速而瀟灑的動作讓整個演習場都沉默了下來。騎士們的眼裡都染上了相同的羨慕、崇拜與敬佩。兩名騎士長則若無其事地沐浴在那種眼光下，那從容的身姿，充分符合了「戰士」一詞。

「眞的很威風呢！就是這樣才有擊敗的價值。」臉不紅氣不喘地說著大話的我，臉上一副躍躍欲試的神情。

「咦！殿下也要上場嗎？」卡戴維驚呼的聲量不小，引得不少皇家騎士好奇地看過來我們這邊。

「有必要這麼驚訝嗎？小時候我還不是經常與大家一起練習。」

「即使殿下這麼說……多提亞大人也就算了，我們隊長他可不懂『手下留情』爲何物！萬一讓殿下受傷了那怎麼辦！」卡戴維很努力地想讓我打消念頭。

「當年經常把身爲菜鳥的我的劍打飛的人，可沒資格說話喔！」一句話我便擊沉了仍在喋喋不休的第三分隊副隊長。

「哈哈！殿下看起來還是老樣子。」忽然，一個帶有嘻笑語調的嗓音從後響起。那是名與我差不多年紀、卻穿著皇家騎士服的少年。少年有著一頭美麗而燦爛的金色短髮，碧綠的眼眸盈滿笑意，態度卻是隨意又懶慵：「就連在場的不少騎士們，在看過這種變態的打法後，便不敢找隊長挑戰了。殿下依舊如此有膽量呢！」

我愣愣地看著眼前的少年，內心思考著該不該叫他快逃。

只因昨晚在酒吧時，多提亞才笑得很燦爛地說過，自家副隊長回來以後，必定會好好地與對方「心平氣和地談一談」，讓他不要經常神龍見首不見尾。

「我已經厭惡了當一個萬年尋找自家副隊長的皇家騎士長了。」當時多提亞微笑著如此說道，天曉得他那時所散發出來的殺氣有多恐怖！

而我眼前的少年，正是年僅十二歲時便破格榮任第二分隊副隊長、被喻為「天才劍士」的人。然而他最出名的並不是劍術，而是三天兩頭便鬧失蹤，一年總有三百天在「外出視察」的菲洛！

「菲洛，很高興你總算回來了呢！」

我立即退退退地後退了三步！抱歉，菲洛，我來不及示警，多提亞便發現你了。這也是命中註定的事情吧？請節哀！

「呃！隊、隊長，我回來了。」看到多提亞那幾乎可說是刺眼的笑容，菲洛顯然也心知不妙。那雙湖水似的碧綠眸子正到處偷瞄，尋找著逃亡的路線：「我忽然想起有點要事！隊長，我先走了！」

「菲洛，你先別急，冷靜一點，來，先坐下來歇一歇，然後告訴大家有什麼急事了？」一手把逃亡中的副隊長抓個正著，多提亞倒似沒事人般笑得依舊溫和。雙手按上少年的肩膀，以不容拒絕的力度將對方壓坐於廣場邊的大石上。

「……」有時候，我真的覺得多提亞那好看又溫和的微笑其實還挺恐怖的。

結果逃走不成，菲洛只得乖乖坐在身旁的大石上，吞了吞口水後便心虛地說道：「其實……剛才想起來的事情又好像不是太緊急了。」

「是嗎？那眞是太好了。如此一來我們便能慢慢聊呢！我想，你『外出視察』了那麼久，應該取得不錯的情報了，對吧？」

誰知一聽多提亞這麼說，菲洛忽然收起了玩鬧的神色，肅然地道：「隊長，我正是要回來向你報告！」

「喂！眞的有大事發生嗎？你不是爲了脫罪而胡扯的吧？」利馬滿臉懷疑地挑

了挑眉。

「當然不是！利馬騎士長好過分！」菲洛立即氣呼呼地反駁：「我這次說的話是眞的！」

這次？那上一次呢？

「好了！別再鬧了。」多提亞一發言，菲洛便立即坐直了身子，而利馬也合作地閉上嘴。見狀青年滿意地點點頭，溫和地微笑道：「我相信菲洛，因爲我想他也不敢在我的面前耍花樣的，對嗎？」

菲洛立即嚇得瘋狂地點起頭來。

不是我要說，多提亞，你的潛在性格好像跑出來了耶……

「是這樣的，不久前路過奴布爾時聽到了幾個奇怪的謠言。」偷瞄了隊長一眼，看他只是挑挑眉，並沒追問自己爲何會閒逛至奴布爾那麼偏遠的邊境城鎮後，少年暗自鬆了口氣，續道：「其一，是三殿下忽然祕密造訪了那兒的暗黑神殿。」

我與利馬對望一眼，大家都不約而同地想起了三王姊近期與祭司們交往甚密的謠言。繼祭司以後便是暗黑教……似乎這空穴來風，未必無因呢！

「其二，最近在民眾間似乎興起了一股反國家的勢力。雖然此刻規模仍小，可是這個組織卻有逐漸坐大的趨勢。聽說二殿下已經向陛下進言，近期內會對這組織進行掃蕩，而領兵的人已內定為隊長以及利馬騎士長，陛下也答應了，我想這兩天便會有公告了吧？」

「什麼時候二殿下變得如此關心政事了？」說話的同時，利馬那雙銳利的眼睛瞇了起來，就像瞄準獵物的老鷹一般：「而且好大喜功的她竟推薦與小維交好的我們過去，這若不是用來對付我們二人的陷阱，便是想要把我們引離小維身邊吧？是想要趕走礙事的人以後，使陰招阻止小維承繼月之女神的誕生禮嗎？」

好敏銳的心思！我差一點便要驚呼了出來。

雖然我們經常拿利馬的單純開玩笑，然而大家心裡都明白他並沒有那麼簡單。不，其實他甚至比任何人都敏銳、機警。身為騎士長的他經歷了無數動盪的局勢、投身過多場戰爭、面臨過那麼多危急的狀況，然而他卻得以存活下來，並總能締造出優秀的戰果。

這從他與多提亞的對戰便可以看出，縱使戰鬥時沒有謀定什麼策略，然而卻總能對敵人的精密計謀做出敏銳的反應。多提亞曾經說過，什麼都不想卻能與他並駕齊驅的人，就只有利馬・安多克而已。

「你想太多了，利馬。既然獲得了父王的同意，我想並不會有什麼大問題的。畢竟你與多提亞都是騎士團中數一數二的高手，也沒理由在有需要的時候，會任由你們留在城堡納涼啦！」相較於利馬的擔憂與激動，身爲當事人的我反倒輕描淡寫地安慰起他來。

那是實話，既然事情經過了父王的同意，那確實是沒有什麼好擔心的。然而我還有另一個想法沒有說出口。

這眞的是父王的決定嗎？

若征戰一事並不是父王的命令，那事情便很嚴重了。

只是萬一王姊們已能把國政操控至這種程度，即使利馬與多提亞留下來也沒有多大幫助。我反倒希望他們離皇宮、離危險愈遠愈好。

利馬皺起眉，滿是懷疑的銳利視線緊盯著我；而多提亞則是以若有所思的神情詢問道：「妳確定不需要我們留在身邊嗎？小維。」

我愣了愣，這還是注重禮儀的多提亞首次於公眾場合中喚我的小名。迎向那認眞等待我答覆的祖母綠眼眸，我認眞地點點頭：「邊境就交給你們了。」

於是，多提亞把手橫在胸前，低下頭說道：「一切謹遵殿下差遣。」

「你就這樣子便算了嗎？怎麼看這次的事情都不單純……喂！幹嘛？你別拉我……」利馬的反抗聲浪漸漸因人被多提亞強行拉開而變得愈來愈細微，最終二人消失在我的視線內時，他那煩躁的叫囂也變得聽不見了。

「菲洛，你的運氣還眞好，這麼快便出現代罪羔羊了。我想『教育』過利馬以後便要趕緊做前往奴布爾的準備，多提亞短時間內也不會去找你麻煩了吧？」我轉身嘲笑明顯鬆了口氣的少年。

菲洛笑嘻嘻地幸災樂禍道：「誰曉得呢？不過以利馬騎士長的性格來看，他此刻必定是不怕死地對隊長又吼又叫吧？」

聞言我頓時笑得樂不可支：「然後多提亞會給他一個無法反抗的理由，於是他就很乾脆地接受了，一直都是這樣的模式啊！」

看著身旁這些因我的話語而開懷大笑的人們，我在心裡暗暗起誓……

絕對、絕對會保護大家的！

至少，絕不能因爲我的關係而連累他們身陷險境。

□

接下來的兩天，騎士們都忙於準備前往邊境的事宜，因此我也就沒有去打擾他們，反倒三不五時便往父王的起居室跑。

很遺憾，我依舊無法見到父王一面。侍女們都報稱父王的病情反覆不定，每次我探望時也剛好正是父王睡著的時候。多次下來，雖然我臉上不動聲色，可是對此事的疑心卻愈來愈重。

爲了不連累多提亞他們，我一直安分地等到第二、三分隊盡數離開王城往奴布爾出發以後，才有所行動。

不然這些傢伙無論多危險的事，也必定會插上一腳的。

他們就是如此爲我著想。

晚上，我把一切都準備好。腰間插上慣用的長劍，然後把匕首、錢袋、旅行用的乾糧、帝多家族的紋章……總而言之，有用而又輕便的東西都往懷裡塞。視線掃過一堆亂七八糟的物品，剛好看到那個妮娜硬塞給我、放有能改變髮色紫晶的小絨袋。思量了一下，我也把它收在懷裡。

接著覆上斗篷，一個標準的「可疑人物」便出現了。

以這副裝扮，我小心翼翼地隱藏於黑暗中，躲過衛兵來到了妮可的房間。一閃身進去便看到了少女那驚愕的視線，在妮可發出大叫前我慌忙摀住她的嘴，然而下一秒手卻無力地垂下，轉而按住自己的腹部。

該死的！我竟忘了妮可那身可怕的怪力！

「殿、殿下!?」

還好在我痛得彎下腰的同時，斗篷也因那突如其來的大動作而滑下，露出了我的臉。正要再補上一擊的妮可總算及時止住打過來的手，卻仍是禁不住低聲驚呼。

痛苦地咳嗽好一陣子，我才喘過氣來，不用看也知道衣服下的皮膚必定成了一片瘀青。

「嗚……還好妳沒用那種能把大理石鑿出大洞的力道打下去，不過夠我痛了。」也不知是抱怨的心情多些還是慶幸的心情多一點，我按住痛處皺起了眉。心想要是骨頭就這樣子被自家侍女打斷，接下來的行動可就沒戲唱了。

「那當然！要是不留下活口的話，就無法拷問歹徒了。」妮可說得理直氣壯。

好吧！我想慶幸的心情還是比抱怨多出一點的……

「妮可，我想拜託妳幫我。」我任由她拉著我坐下，然後取過濕毛巾替我冷敷痛處。此刻的狀況也不好去找祭司，不會魔法的我們也就只好先做低限度的處理。

「我想要妳替我祕密返回南方一趟。」

妮可手上的動作頓時停頓下來，仰起頭，那雙圓潤的大眼睛清晰地反映出我的容貌：「殿下要行動了？」

「嗯，所以想讓妳先回去。」

垂下眼簾，妮可繼續手上的動作，一面說：「回到大宅後便變賣一切値錢的東西，將金錢作爲遣散費分給眾下人，對吧？」

微微一笑，我像對待孩子般拍了拍妮可的頭，道：「切記躲得愈遠愈好，什麼

都別留下，尤其是生命。」

看妮可咬著唇勉強地點了點頭，我知道要她做這種事情，心裡必定不好受吧？可是我不能不先做最壞的打算，況且這也只是萬全的準備而已，我相信事態不會變得那麼糟的。

ch.4 銀色海燕

把事情交代清楚後，我再度拉上了斗篷隱於夜色中。由於國王以及身爲主角的我皆身體不適的關係，今天原定爲四公主舉行的歡迎晚宴本應延期，然而作爲代理國王的二王姊卻下令宴會如期舉行，這點實在耐人尋味了，只因這舉動與狠狠打臉無異——身爲主角的四公主無法出席，還舉行宴會來歡迎什麼？

不過，也拜二王姊這個無聊的下馬威所賜，衛兵大都集中在宴會廳四周戒備，以致於內殿的守備反倒變得疏落，不然我還眞的沒有在銅牆鐵壁般的守衛下穿梭自如的信心。

而機伶的妮可則混進那些提供宴會食物的外來人員裡，輕鬆地離開了城堡。進王城的檢查雖然很仔細，可是出城的手續卻很簡單，因此我並不擔心她的安全。

我最終的打算是，趁夜闖入父王的寢室，確認父王到底是否安然無恙。

不過在此之前，還有一件事得去做。因此我前進的方向並不是父王的寢室，而是位於宮殿東南方的月神神殿。

王室成員所屬的神殿各有特色，父王的天空神殿遍布通透的天藍色水晶；大王姊的鏡之神殿四周全是水鏡；二王姊的戰神神殿卻是以血紅色寶石爲主調；三王姊的太陽神殿鑲滿金箔閃閃生輝。

而我的月之神殿，建築則以精美壯觀的大理石雕刻爲主。越過一群正在禱告的祭司，我縱身一躍，便立足在神殿那宏偉的屋頂上，輕鬆地在守衛的頭頂上走了過去。

安然無恙地來到只有王族才能進入、供奉著克洛莉絲神像的大殿，我這才吁了口氣從牆壁上躍下，跪在女神的神像前簡單地禱告。

王族成員於成人儀式中繼承守護神所給予的誕生禮，雖然是一直以來的規定，可是目前的狀況，我實在無法安心等到十七歲生日的來臨。

此時，內心忽然生起一陣悸動，跟隨那突如其來的激烈情緒，我緩緩地張開了眼，把視線投向神像旁那數十支火把中的其中一支。

傳說這是代表著殿中神明所守護的王族本命神火——只有在該王族過世之時才會熄滅的神奇火焰。我著魔般定定地看著那搖曳的火光，無法把視線從這金色的火焰中移開。

慢慢地，我把手伸向這炙熱的火光之中。

「停下來！會灼傷的！」理智這麼叫囂著，可是身體卻不受控制，即使在接近焰火的瞬間感受到令人退縮的熱度，我卻仍不由自主地將手完全伸進火焰之中。

然後金色的火光猛然炸開，我的視線只剩下一片燦爛又柔和的淡金色調。

「擁有菲利克斯以及森林血脈的孩子、我的契約者、我的主人，妳確認要於此時獲取妳的守護物嗎？」

腦海裡響起了一個輕柔的女聲，頓時平復了我內心的慌亂。

雖然是初次聽到的聲音，可是毫無疑問，我知道聲音的主人是誰。柔和、慈愛又溫暖的感覺，這是女神克洛莉絲的聲音。

「是、是的！」有點緊張地回答。天啊！原來獲得守護物以後便能與所屬的神明溝通，這個傳說是眞的！

等等！我仍未獲得那份誕生禮耶……

「妳的狀況是有點特別。」

「咦？」

「別說這個了，先說這份誕生禮。」女神很乾脆地不理會我的疑惑，意外地給人有點任性的感覺：「禮物的能力取決於妳的所需，而外型則取決於妳的所求。那麼，請收下吧！」

疑惑地眨眨眼，四周的淡金光芒忽然消失無蹤，就如同它出現時那麼突然。有點呆滯地收回伸進火焰裡的手，炙熱的感覺已經消失，手上只剩下溫暖的餘溫。

驚訝地察視絲毫無損的白皙右手，這才驚覺手腕上不知何時戴上了一只精緻的銀色手鐲。

就這樣？這麼簡單？那麼歷代那些繁瑣的承繼儀式到底是用來做什麼的!?

「裝門面用的啊！」女神淡淡地解答了我內心的疑惑。

「……」我無言了。

我仔細地打量著這美麗的銀色手鐲，它的內圈與手腕的寬度完全契合，只有少許空隙的距離根本無法把手鐲脫下，很驚訝於這小東西是怎樣戴到手上的。

不過這寬度卻正好不會令鐲子於打鬥中搖來晃去而影響持劍的動作，因此除卻無法脫下的這項缺點以外，它的設計其實還滿實用的。反正這麼重要的東西我也正打算隨身帶著，因此訝異過後也就欣然接受了。

手鐲以數條荊棘狀的銀製細藤交織而成，看起來簡約又典雅。正中鑲了一顆亮麗而通透的水晶，於光線中反映出溫潤美麗的神祕藍光，顯然是顆高品質的藍光月亮石。

這等級高得嚇人的水晶拿去妮娜那兒變賣的話，應能賣出個天文數字吧？……我以很現實的角度來衡量剛到手的誕生禮。

回想先前女神所說的話，先不說這水晶銀鐲到底有什麼特殊能力，女神說它的外型來自於我的所求……

難道在我心底深處的渴望，其實是想要擁有一只戰鬥時不會影響動作的手鐲？

可別告訴我這個假設是成立的！

「克洛莉絲女神？」呼喚了數聲，得不到回覆後我便放棄了。這鐲子的能力仍舊處於摸索階段，不過，現在也不是多花時間研究的時候，既然目的已經達成，我便再度覆上斗篷，直奔父王寢室。

□

來到父王的起居室房門前我愈發感覺不對勁，怎麼門前不見駐守的士兵，亦不見任何打點起居的侍女？雖說宴會把大部分守衛及下人都調往舞廳，可是這畢竟是國王的寢室啊！

伴隨一陣強烈的不安，敲了敲厚重的木門，仍舊沒有任何回應，我便不顧一切地取出短劍自外打破窗戶闖入。怎料一踏進漆黑的房間後便感到腳下一滑，我慌忙緊抓著窗簾這才不致跌倒，卻讓雙手也沾染上不知名的濕意。

幾絲月色射進黑暗的房間中，我頓時倒抽口氣。迎面而來的是一陣令人作嘔的血腥味，以及眾侍女與守衛們的屍體。

低下頭，在月亮的光芒下，我這才察覺雙手沾滿的並不是水，而是鮮血！不只窗簾，就連牆壁、甚至天花板也濺上鮮紅血色。可以想見死者的死狀有多慘烈。

硬是壓下噁心的感覺，我衝向負傷的父王身前，同時，位於走廊的衛兵亦被我打破窗戶的聲響吸引過來。我驚訝地看著父王狠狠拍開我伸出的手，然後漠然地向衝進來的衛兵們下令：「四公主引發叛亂意圖搶奪王位，替我將她拿下！」

衛兵訝異地對望了一眼，但還是聽命地上前將我押下。我震驚地回望父王，只見他向來明亮的紫藍眼眸黯淡無神，那雙放大了的瞳孔，我知道的，這是亡者的眼神。

隨著內心洶湧而出的震怒與悲傷，我反倒勾起了嘴角。

還好，沒讓利馬他們留在王城中。

也慶幸，先一步讓妮可回到南方去了。

如此一來，我便可放手一搏了吧？完全沒有束手就擒的打算，我不會傻得認爲被捕以後能獲得自辯的機會。

「眞是不錯的覺悟呢！需要我幫忙嗎？」我的瞳孔猛然瞪大，卻看到身旁的士兵對這突如其來出現的神祕嗓音竟全然不聞，這才醒悟這聲音只有身爲契約者的我才能聽見。

隨著我點頭的動作，我便見手鐲那顆美麗月亮石的藍光與月色融合，隨即晶石竟化成一隻銀羽藍眸的海燕！

這奇異的景象讓我整個人呆掉了，回過神來的時候雙手已被衛兵反押在身後。

還好銀燕的速度快、體積小，在黑暗中士兵們倒也沒察覺出手鐲的異狀。

銀燕拍動著翅膀於房間上方盤旋著，而我的視線也逐漸產生出驚人的變化。腦海中獲得的影像漸漸變成了兩種，自己的，以及銀燕的。

這是什麼鬼能力？

「這小海燕能自由變換體積大小，尾部的羽毛能化成尖刺，被刺中的人會瞬間麻痺暈倒，效力持續一小時。」女神那平淡又輕柔的嗓音，說出了一句令我緊張感全失、只感到很火大的話：「這能力取決於妳的所需，是最適合妳的——偷雞摸狗的窺視以及偷襲的能力。」

「……」女神大人，請問小女子在您的心裡到底是什麼樣子？

「至於雀鳥的形態，則取決於妳的所求。是由於妳渴望自由、總想要展翅高飛的心所致。」女神如此補上了一句。

我愣了愣，然後強打精神微微一笑，集中注意力。嘗試嘴巴不動，與女神於腦海裡傳起話來：「那就要看看它的本領能否爲我取回自由了。」

□

不做任何掙扎，任由兩名衛兵將我押離房間，我暗暗讓小海燕保持高飛在走廊的天花板緊跟著我。直至離開了房間一段距離後，急速低飛的銀燕輕巧把帶毒的尖銳尾巴刺在其中一名衛兵的背後；而我則在這名衛兵無聲倒下的那刹那掙開另一名士兵的手，一個俐落的迴旋踢，輕易把注意力早被銀燕引開的衛兵踢暈在地。

果然城堡的衛兵們也很優秀，即使我已經很小心不發出聲響，但還是被他們發現而追了上來。我拚命地奔跑，此時不禁慶幸早已換下王家的日常禮服，斗篷下是方便簡單的平民服飾，不然還真的是想逃命也跑不快。

轉了一個彎角，又是四名衛兵迎面而來。一咬牙，我取出短劍打下第一名衛兵的武器，並快速轉身用肘擊暈另一名，另一隻握劍的手並沒有閒著，準確地擋住了第三名衛兵的劍。

此時小海燕已機伶地刺向剩下的第四名敵人，然而與追擊人馬的距離卻在糾纏間被愈拉愈近，即使冷靜如我此刻也不禁慌了起來，就算擊敗眼前的對手，最後卻被捉住也是沒用。

然而，那股本來與我拉鋸不下的力道這時卻忽然消失了，眼前的衛兵在看到三名同伴失去意識後竟側身讓出了位置，並輕聲地道：「我相信殿下是無辜的，請原諒我能做到的只有這些。殿下，願您能平安。」

跑過衛兵身旁時為免讓人起疑，我隨手使出手刀將他打暈了。我不由得感到眼眶一陣發熱，想不到此刻城堡中還是有相信我的人存在。狠狠地用衣袖抹去正要奪眶而出的淚水，內心警告著自己正在逃亡，可不能讓眼淚模糊了視線！

敏捷的幾下起落，翻過了庭園圍欄，眼看城門已近在咫尺，守門的衛兵卻正要把巨大的城門關起。

「關城門！別讓她跑了！」身後傳來士兵們的叫喊聲，要折返改走其他路線已經來不及，我只能硬著頭皮往前衝去。在幾乎要被巨大石門夾個正著的一刻，卻看到城門關閉的速度竟突然慢了起來。我疑惑地看向關門的守衛，竟發現他的嘴一開一闔、正無聲地向我訴說著什麼……

「殿下，請保重。」

讀懂他欲表達的意思，我瞬間訝異地瞪大了紫色的雙瞳。守衛的控門技術果然神乎其技，正好就在我跑出城門後石門就關上了，很滑稽地將追捕我的士兵困在城堡之中。

夜色裡，純黑的斗篷讓我能不引起別人的注意，順利地混入熱鬧的夜市中。到了此刻，我才能靜下心來感受劫後餘生的驚惶感覺，假若我真的只是一名溫室長大的普通公主，恐怕今天便已不明不白地死在城堡中了，更要揹上叛亂的污名。

還好自小好武的我可是在父王及騎士們的劍術薰陶下成長，長大後更是從沒中斷過劍藝的請教與切磋。

想起父王那雙猶如死者般的死寂眼神以及傀儡似的舉動，我不禁心中一痛。仔細一想，常年征戰在外的二王姊最近卻領軍返回王城，又調離了騎士團中與我親近的二、三分隊；三王姊忽然間研究起魔法，獲得太陽神守護的她竟與屬於黑暗的暗黑神教有牽扯。

種種不自然的跡象只說明了一個事實——這兩個素來不和的女人在長期抗爭

下，終於達成了共識，決定聯手控制父王，合力取得政權後再鬥個你死我活！

此刻的我可真的變成無家可歸了，不用說城堡是絕對不能回去了，位於南方的家，王姊們應該也派人過去了吧？天地之大，竟沒有我的容身之所……似乎感受到我內心的沮喪與不安，小海燕安慰似地低飛在我四周盤旋，卻忽然像是察覺到什麼，突然鳴叫了起來。

我才發現，不知從何時起，一個神祕的身影在暗處觀察著我的一舉一動。黑暗讓我看不清對方的面貌，只知道是名身材修長的男子。對方在我回望的那刻便一言不發地轉身，往暗處的小巷走去。

看他的服飾及單獨的行動模式，並不像是來自城裡的追兵；而且若不是他特意現身，銀燕也難以發現他的存在。於是我猶疑了片刻，便決定追上去看看。

雖說追上去，但也不會真的傻得親自追蹤，查探虛實這種事應該是我那小海燕的專長吧。

「看，起初聽到牠的能力時還那麼不滿，現在不是要使用銀燕來做偷雞摸狗的事情了嗎？」女神那愉悅的嗓音於腦海中響起，心情不好的我抿著嘴不理會她。

可惡！還眞是被她說中了！

藏身在隱蔽的暗處，我放出銀燕緊緊跟隨在男子身後。與牠有著精神聯繫的我不單能看到牠眼中的景象，也能聽到、感受到牠身處的環境，猶如親歷其境般眞實。

錯愕地看著男子閃身進入一間舊宅，在確認沒有尾隨者以後，只見對方的手於暗處一拉，破爛的木地板竟出現一個隱蔽的出入口。

這廢宅不就是我曾經跟蹤的一對青年男女所進入的房子嗎？原來裡面還有這種機關，難怪那時候他們會神祕地消失在屋內。

緊跟上去的小海燕差點便被關在外頭，但想不到的是，牠進入的空間竟是一處地牢。與殘舊的廢宅相比，地牢的環境倒是整潔得很，除了因長期照射不到陽光，空氣帶有很重的濕氣外，看起來只像個普通的房間。

正中位置的木桌旁圍有十多名男女，我認出其中一名頭髮削得很短、在這只有火光的昏暗環境下會讓人誤認爲是男性的女子，以及位於牆角的那名神色冷漠的銀眸男子，這兩人正是我當時跟蹤過的人。

女子看到來人後皺起了眉，疑惑地詢問：「那麼快便回來了？剛不是才興致勃勃地說要去看看大鬧宮殿的是什麼人嗎？」

剛進來的男子並沒有立即回答，而是自顧自地走近火爐邊烘暖身體。在他接近火光時我才看清楚他的臉，對方有著淡棕的髮色以及一雙蜜糖色澤般溫潤的金棕雙瞳，比我想像中年輕，二十多歲的他長得秀逸文靜，然而因觸及火光的溫暖而勾起的唇角卻帶著些許孩子氣，是個看起來溫柔和藹且容易相處的人。

直至身體變得暖和了，青年這才滿足地吁了口氣，答道：「真是嚇了我一跳，被追捕的人竟是一名長得很可愛的小女生。我看她一副不知所措的樣子，本來還想讓她加入我們的。」

聞言男子的其他同伴同時露出了「果然如此」的神情而苦笑了起來，而短髮女子則怒吼道：「你到底要老好人到什麼程度？已經滿屋子的人了你還撿不夠嗎!?」

沒理會他們的吵鬧，我現在只感到非常非常懊惱。什麼「小女生」嘛！我今年已經十七歲了……被人這麼形容真是個重大打擊。

「奈娜，我當然明白我們的處境。」男子的神情瞬間嚴肅了起來，這種感覺我很熟悉，那是總能在父王身上感受得到的、只屬於領導者的特有氣質。此時男子與先前那漫不經心的態度相比簡直就是判若兩人。「因此我沒有直接帶她走。若她發現了我以後因懼怕危險而沒有追上來，那就證明她只有這種程度而已。」

說罷男子聳聳肩，那種令人感受到壓力的氣息頓時消失無蹤，再次變回那看起來溫煦卻又略帶孩子氣的樣子道：「然而很遺憾，最終她沒有跟上來。」

我不禁很沒儀態地對著根本就看不到我的青年俏皮地吐了吐舌頭，誰會傻傻地親自追上來呀？眞是個大白痴。

「那麼我們總算要認眞行動了對吧？卡萊爾？」那名曾被我跟蹤、黑髮銀眸、眼光猶如野獸般的男人低沉地詢問。就只有他遠離同伴們在角落倚牆而立，看起來就像是匹孤獨的狼。

「我一直都很認眞啊！」有點無奈地挑了挑眉，卡萊爾苦笑道：「在國家益發暴虐的刑罰及與日俱增的戰爭下，我們已不得不反擊。」

「現在國家的情況其實大家都了然於心了吧？大公主早已遠嫁他方；二公主好大喜功，不在乎國民生死地不斷引發戰爭侵略其他國家；三公主嗜血毒辣，好幾條殘忍血腥的刑罰就是由她制定出來的；至於遷居至南方的四公主雖沒犯什麼錯，但她根本無心於政治。在陛下被兩位公主所控制的現在，我們只剩自救一途了。」

卡萊爾的這番話就像是顆巨型炸彈，頓時轟得我的腦袋嗡嗡作響。怎麼回事？想不到這個組織竟知曉這次事情的內幕！父王的異常就連與他同住於宮殿的我也未能及時察覺，他們是怎麼知道的？

就在我全神貫注想要看看能否獲得更多有用的情報時，使劍的手忽然被人從後抓著，而對方的另一隻手隨即摀住了我想要驚呼出聲的嘴巴！

糟糕！過於把注意力集中在銀燕的視線上，竟然放鬆了對四周的警戒。還好對方摀住我嘴巴的手並沒有用上什麼藥物，我的意識仍清醒，只是在這種狀況下無法反抗而已。

對方的力道並沒有弄痛我，可是卻也讓我無法掙脫。慌亂間我正想要使出往常對付利馬時的絕技——令人防不勝防的粗魯頭錘——時，一個即使壓低了音量卻依舊柔和的熟悉語調從耳邊響起：「噓！維，安靜一點。」

我猛然瞪大雙眼並停止掙扎，感到緊抓著自己的力量隨即鬆了開來。霍地轉身，我看到身後除了多提亞外，竟然連利馬也在！

呆呆地看著身後的二人，明明就有很多話想說，可是此刻看到他們，所有要說的話卻像卡在喉嚨上似地，一時間竟完全無法言語。

利馬與多提亞對望一眼，兩人忽然不約而同地伸出手，揉亂我那頭長長髮絲。隨著他們那惡劣的動作，本緊繃著的神經竟很不可思議地放鬆下來。

此刻我們所處位置仍舊與叛亂組織相隔很近，我二話不說拉著兩人轉身便跑。直至來到遠離黑街的隱密森林後，我這才以略帶責備的神情驚呼道：「你們不是應該在奴布爾嗎？怎麼仍留在王城？」

利馬頓時露出很欠揍的笑容，大剌剌地道：「嘿！我們第二、三分隊騎士團確實是全員到達奴布爾進行掃蕩行動啊！聽說是這樣啦！」

「什麼聽說！」很明顯感受到自己被捉弄了，我不悅地瞇起紫藍色的眼眸道：「你們身為隊長，卻擅離職守拋下隊員嗎？」

「怎麼會呢？」多提亞安撫地拍了拍我的肩膀，接觸到我懷疑的視線後，他尷尬地輕咳了聲道：「咳！或許我們是真的有點私心……可是之所以留在王城中，是爲了追蹤這組織的首領。」

我有點訝異地看了看廢宅所在的方向，原來這個神祕組織就是菲洛所報告的、處於奴布爾的反國家勢力，也正是利馬他們此次掃蕩行動的主要目標。面對多提亞的解釋，即使明知道他們是故意留下來的，我倒一時間再也找不到可以用來責備他們的話。

這還眞是個完美的說詞。

嘆了口氣，他們絕不是朋友處於危難中時會置身事外的人，我早該猜想得到才對。

ch.5 決定

「我眞的不想把你們扯進危險中。」我有點苦惱地抬起頭仰望二人，並趕在他們發話之前續道：「不過，面對這突如其來的變化，我倒是眞的覺得彷徨又害怕，完全不知道該怎麼辦。很高興你們來了，眞的。謝謝你們願意留在我的身邊。」

兩人聞言愣了愣，然後我竟看到他們的臉紅了起來！堂堂的皇家騎士長臉紅了！嘖嘖！這可比天上下紅雨、太陽打從西方升起來還要罕見。我一雙紫藍眼眸眨也不眨地直瞪著二人，只見在我那戲謔的視線下，他們的神情頓時變得更加尷尬。眞好玩！

「喂！妳這丫頭！這眼神是什麼意思？」首先受不了的利馬開始發難。見好便收的道理我還是懂的，在二人惱羞成怒以前，我很聰明地把看好戲的視線收回。

當重逢的喜悅過後，多提亞向我提出了一個很現實的問題：「維，妳對往後的事有什麼對策？」

「當然是把我們的人召回來，然後殺回城宮吧！」在我猶疑著的時候，利馬插了進來發話，回答的內容倒是非常乾脆。「騎士團中就數我們第二、三分隊的實力最強，即使比起握有兵權的二殿下我方人數較少，但打起來也不見得會輸。勝者爲王，我們就以實力取勝吧！」

多提亞挑了挑眉，然後笑道：「眞佩服你的思考模式，簡單直接、完全沒有多餘的東西。」

「你是在挖苦我嗎？」

「不，我想我是有點羨慕吧？這是眞心話呀。」

看著利馬那滿臉懷疑的神情，我不禁輕笑起來。「抱歉，利馬，我並不打算就這樣子反攻回去。」

二人的視線隨即轉至我身上，在他們的注目下，我努力表達內心的想法：「那樣太魯莽了，我們並不清楚此刻王姊所擁有的實力。」

多提亞微微一笑，補充了一句：「暗黑神教。」

利馬很快便敏銳地發現我們言語間的重點：「你們的意思是，三殿下接觸祭司與暗黑教，除了想以邪法控制陛下外，也許還有其他目的？」

我點點頭，對於施加在父王身上的魔法，我的直覺告訴我那並不簡單——至少絕不會單單只擁有比別人強大的魔力，或使用高級晶石便能做到的程度。總覺得除了這種法術外，三王姊還獲得了其他更隱祕、卻也更危險的強大力量。

不然掌握軍權的二王姊並不會答應與她合作，而是會先把她的頭顱斬下後掛在牆上作戰利品！

「而且……此刻她們想要操控父王暗地掌權，那就斷不會做出什麼惹人懷疑的大動作，因此國家的內政一時間不會有什麼大轉變。也就是說，離『必須要引起戰爭』之間還有一點時間，你們不覺得我應該還可以先再努力一下嗎？」

猶疑片刻，我還是決定說出自己的眞正想法：「雖然我們所發起的會是場正義之戰，人們或許會認爲把政權引導回正確的道路是王族的使命。遇上了這種事情，也許正面迎擊回去才符合王族的身分。可是除了這些冠冕堂皇的理由外，王族的責任、應該保護的事物必定不只如此。掀起這場爭鬥，眞的能使人民比現在更幸福嗎？這場戰爭是必要的嗎？是否只會導致更多的流血而已？」

說到後來，我也不太清楚自己到底想表達什麼了。認眞的長篇大論總算結束以後，這才發現他們二人愣愣地正在呆望著我。

「怎麼了嗎？」他們到底有沒有認眞聽我說？可別要我從頭再解釋一遍啊！

「不。」搖了搖頭，多提亞的笑容不知爲何多了幾分意味深長：「只是在想，沒有前往奴布爾而選擇留在王城眞好。」

利馬則是惡劣地揉亂我的頭髮，以附和多提亞的語氣說道：「嗯，能聽到這番話眞好。」

躲開了利馬惡作劇的手，我有點懊惱地嚷道：「到底怎麼了？爲什麼你們在說什麼我完全聽不懂？」

利馬哈哈大笑：「因爲小維妳不夠聰明！」

「多提亞便罷了，我可不想被你這麼說！」簡直就像是被隻滿身肥肉的肥豬指著大笑「你很肥啊」一樣，很令人火大耶！

「……妳這麼說是什麼意思？」

「唔……是什麼意思呢？」我很惡劣地扮了個鬼臉，然後敏捷地躲到多提亞的背後。

替我擋開了利馬又想用來揉亂我那頭長髮的手，多提亞把我護在身後，並且溫和地笑問：「維，妳似乎已經打定主意了？」

我揚起頭，堅定地說道：「我想先尋找讓父王恢復的方法，這比發動戰爭有意義多了，不是嗎？」

「那麼目標已經有了，我們現在該怎麼辦呢？」利馬伸了個大大的懶腰，指了指廢宅的方向：「要逮捕他們嗎？還是與這些人聯手？」

我面無表情地反問：「逮捕他們，然後交回城堡嗎？若我的理解沒錯，這是叫作『自投羅網』對吧？還是利馬返回宮殿是打著投靠二王姊的主意，想要來個轟轟烈烈的臥底大作戰？」

利馬頓時語塞。

「至於你的另一個提議，我也不認爲是個好選擇。」多提亞補充道：「與他們合作，便要冒著讓他們以四殿下之名發動戰爭的危險，除非你們不在乎……」

「我在乎！」我立即投以反對票。

「也就是說要放生他們了？」聳聳肩，對於好戰的利馬來說，放過與強者決鬥的機會實在無趣。還好他雖是一副衝動好事的性情，但也不是不顧全大局的人，因此衡量過利害得失後，便再也沒異議了。

「根據菲洛的情報，陛下的失常與三殿下脫不了關係。最近三殿下經常與暗黑教以及祭司們接觸，我們或許可從這當中尋覓線索。」見大家取得共識後，多提亞便開始分析此刻的首要任務——解放被三殿下所控制的父王！

「要找宮廷祭司就必須先回城堡，我並不認為這是個好主意。」說罷，利馬將視線轉至我身上：「至於暗黑神教方面……」

我想了想，道：「雖說我曾有恩於他們，可是實際上我與這個教派並不熟稔。若他們眞的是父王被控制的主因，那麼也未必會看在我的面子說出解決的方法。何況目前還不能排除暗黑教是否也有自己的野心，此刻與他們接觸實在太冒險了。」

「唉！這樣不行、那樣也不行。魔法又不是我們三人擅長的範疇，還有什麼戲可唱？」煩躁地抓了抓那頭本就已經亂糟糟的紅髮，利馬一句簡單的抱怨卻提醒了我。

魔法！

對啊！還有那麼一個人在，我怎麼會沒想到呢？

「精通魔法而又信得過的人我倒認識一個。」喜悅地笑了，面對二人疑惑的表情，我這才想起他們並不認識妮娜。「是夏爾打工地方的店長、也是他的師父。」

「喔喔！我記得那小子是在間頗有名氣的魔法店當學徒？」利馬的雙眼立即亮了起來。

至於多提亞則較爲謹慎道：「維，妳肯定那個人沒問題嗎？」

我立即拚命地點頭。

多提亞失笑地眨了眨祖母綠的眼眸，打趣地笑道：「那麼用力，頭都快被妳點掉了。既然是維妳信任的人，那就去找他吧！我相信妳的眼光。」想了想，多提亞續道：「可是在這種情勢下折返回去，還是有很大的風險，請讓我們替妳跑一趟吧！」

「呃……你們過去的話我反而覺得比較危險。」我以怪異的眼神打量著眼前聽到我的發言後露出莫名其妙神情的二人。

利馬英俊挺拔、多提亞溫文爾雅，兩人都是足以讓女性眼睛一亮的美男子。若派他們二人過去，下場必定是被化身成大野狼的妮娜玩弄一番以後吃乾抹淨……

腦海裡不自覺地回想起美艷的妮娜與我分享她又蹂躪了不知哪個楚楚動人的美少年時，那詭異又恐怖的變態笑聲，我頓時感到一陣毛骨悚然，也讓阻止他們前去的決心變得更加堅定：「不行！你們二人誰也不許去！」

「為什麼？」利馬愕然地反問。

「為了你們的人身安全！」我理直氣壯地說道。

「等等！妳不是說那個人絕對可以信任嗎？」

「對啊！」再次地，我爽快地應道。

「那又有什麼危險？」

「被蹂躪的危險呀！」雖說妮娜偏好美少年，可是遇上了這種高檔貨，說不定會想要換換口味呀！

「被蹂躪的危險!?」利馬尖聲把我的話重複了一遍，還附帶一副見鬼的神情。

我肯定地點點頭，很認真地說道：「那是她的興趣。」

「她的興趣!?」繼續當鸚鵡的利馬，聲音頓時又再尖上了幾分。

「那可就麻煩了，我們無法代勞，但也不能讓妳冒險折返回去……」多提亞苦惱地喃喃自語。好樣的！在自身貞節安危備受考驗的時候，竟還能如此冷靜地處之泰然，果真是令人驚嘆的處變不驚。

不過他所說的話卻也是不得不考慮的現實問題……

我忽然靈光一閃，立即靜下心來於腦海裡進行默想：「女神大人，我可以讓小海燕現身讓所有人都看得見嗎？」我在逃離城堡那時，便發現了追兵似乎看不見銀燕的身影。

「可以。」輕柔飄渺的嗓音隨即響起。

「那麼牠可以說話嗎？」我得寸進尺地詢問，她卻又不理我了。

可以？不可以？

這種不理我的態度……應該是不可以吧？

「也對，牠又不是鸚鵡……早知道當初就特別要求要鸚鵡了……」喃喃自語著，我一動念銀燕便從水晶中幻化出來。果然隨著我所希望的，小海燕這次現身已不是只有我才能看得見。

對於突如其來出現的銀燕，利馬與多提亞都表現出很大的興趣。

「這個能夠幻化出小海燕的手鐲正是我的誕生禮，在離開城堡前先一步從神殿取走了。」微微一笑，我邊簡短地介紹了銀燕的能力，邊把絨袋內的紫水晶倒至另一個小布袋中，然後把空空如也的黑色絨袋束至銀燕的腳上。

看著我這番舉動，利馬禁不住疑惑地發問：「維，妳在做什麼？」

把絨袋固定好，我對著自己的傑作滿意地點頭，這才答道：「飛燕傳書啊！」

既然我們大家都不方便過去，那就讓妮娜過來不就行了？

ch.6 成員名單確定

在等待妮娜的期間，我脫掉斗篷並放下一頭長及腰際的淡金髮絲。雖然很對不起總是費心為我打理這頭長髮的妮可，但我仍是毫無猶豫地用短劍將長髮削短。直至及腰的長髮被削至耳垂位置我才罷手，然後便使用妮娜所贈的紫水晶把淡金的頭髮染成深棕色。接下來取出我早就藏好的男裝，在兩名騎士的守護下躲在大樹後換上衣服。至於胸部倒不用特意遮掩，反正穿上輕便的胸甲便完全看不出痕跡了。

在看到我取出短劍把長髮削短時，一旁的利馬看似想要阻止我的行動，但只張了張嘴，最終只皺起了眉一言不發；而多提亞的狀況也是差不多，收起了那溫和笑容的他表情變得異常嚴肅，還帶有強烈的自責。

身為當事人的我對於髮型倒是沒有太大的執著，雖然失去一頭美麗的長髮有些可惜，卻也談不上有多痛心。反倒是利馬與多提亞的反應讓我不知所措起來，只能笨拙又刻意地安慰他們：「其實我早就想試試短髮了，只是妮可一直不許，老是說不單是王族、就連貴族小姐也沒有哪個人會把頭髮剪短的……而且這樣也不錯啊！感覺清爽多了，如何？適合我嗎？」

此刻站在森林中的再也不是那名有著飄逸金髮的公主殿下，而是個棕色短髮、打扮俐落的少年。總是說很喜歡我那淡金髮色的妮可，若看到我現在的模樣大既會哭出來吧？

雖說面容並沒有很大的轉變，可是由於先前以公主身分示人的我，那身柔美的女性特質太明顯，現在衣著、髮色都來了個一百八十度大轉變，甚至連性別也不一樣了，我想除非是很熟悉我的人，不然單靠畫像等間接情報是絕不可能認出我的。

「啊！很適合您呢！」也許是感受到我的心意吧？多提亞收起了自責的神情，那溫和的笑容再次出現。

利馬則是浮現出惡劣的笑容，伸出手亂揉我那頭深棕色的短髮：「唔唔！削短以後就更符合妳這野丫頭的形象……痛！」

就在我與利馬打打鬧鬧之際，一個嬌媚的嗓音從後響起：「維妳這丫頭，城中出了這麼大的事情還有心情玩！當我聽說四公主被通緝時眞是嚇死了，收到妳速遞過來的絨袋子以後更是馬不停蹄地趕了過來，就怕妳出了什麼事，結果妳卻是躲在這兒與帥哥們玩耍！還有妳的頭髮，天呀！小妮可要哭死了！」

收起打在利馬身上的拳頭，我抿起嘴撥弄自己那被弄亂的髮絲。我的髮質本就柔軟，只要用手指順勢梳幾下便回復先前的柔順，短髮也是有它的好處嘛！

轉身往聲音來源處看去，有點意外妮娜把她的惹禍徒弟夏爾也帶來了。當我回過頭來的時候，妮娜大呼小叫的聲音突然靜止，接著默然地瞪著我良久，竟突然露出餓狼似的飢渴神情往我身上撲來。

「太完美了！超級美少年！」還附送滿載愛心的尖叫聲。

糟糕！我的新扮相看來很符合妮娜的口味！

雖然妮娜的反應正說明我的偽裝很成功，可是此刻我卻一點兒也高興不起來。欲哭無淚地看著對方化身成大野狼撲了過來，我連忙退至身旁的利馬身後。

就在千鈞一髮之際，利馬抓著妮娜向我伸過來的手，冷冷地、沉聲地說道：

「妳嚇到她了。」

其實我躲避的動作雖大，但真正讓我嚇了一跳的反倒是利馬的反應。雖然此刻在他背後的我看不到對方的神情，然而單聽那冷冽的警告嗓音，我便猜想得到利馬此刻的表情必定友善不到哪去。

氣氛頓時變得有點尷尬，走到妮娜面前，多提亞很紳士地低頭致歉，然而拒絕的態度卻很明顯：「抱歉，我朋友的性子比較急躁。只是看維她都嚇得躲起來了，還請小姐妳就放過她吧！」

妮娜咬了咬那鮮艷欲滴的朱唇，有點忌諱地看了看擋在我身前的二人，然後再以渴望的眼神看向我（她不會還沒放棄吧？）。我連忙把雙手交疊，在胸前比了個大大的叉。

見狀她便幽怨地掩面假哭：「嗚嗚……維妳也拒絕得太狠了吧？我說……妳的夥伴平常都這樣保護妳的嗎？過度保護啦！」

單純的夏爾看到師父哭泣，連忙上前慌張地想要安慰她。其實單以外表而論，夏爾眞的長得既可愛又漂亮，完全附合妮娜對美少年的要求。實在不明白她與這名少年朝夕相處，爲何會對對方的「美貌」視若無睹。

難道妮娜的目標是把到手的獵物養肥再吃掉……唔！我腦中好像出現了一些很驚人的畫面……

「別玩了！妮娜，我需要妳的幫忙。」看她哭得那麼入戲也不知要鬧到何年何月，我連忙打斷她的玩鬧。

聞言，女子便放下了掩面的手，美艷的臉龐哪見絲毫淚痕？

果然是裝哭的！也就只有傻傻的夏爾才會每次都相信她。

「妳是想要詢問讓陛下復原的方法吧？」面對利馬他們瞬間顯露的警戒，妮娜不在意地擺了擺手道：「別露出這麼可怕的表情，我早就注意到城堡中傳出陣陣不尋常的黑暗氣息，因此才把能改變髮色的水晶送給小丫頭。此刻從一連串發生的事情推測，還猜不出原因的話我才是傻子呢！」

緩緩地漾出一個惑人的微笑，妮娜爽快地說出了自己的推論：「如果我猜測得沒錯，這是一種死靈法術的進階魔法——以亡靈控制活人肉體的禁咒。」

想了想，妮娜續道：「只是此魂魄的力量驚人，即使陛下的靈魂有著守護神的神力保護，卻還是被壓制了下來，我想他們所使用的很有可能並不是單純的人類靈魂，而是足以與神明匹敵的強大力量。」

「例如暗黑神教所信仰的神祇？」利馬敏銳地對妮娜的話作出反應。

有點驚訝地向青年投以讚賞的視線，女子頷首道：「這麼想的話，那就說得通暗黑神教為何會與她們合作了。雖然暗黑教從未間斷於培育魔力強大的闇祭司，可是能承受那位神明力量的人類依舊罕見，暗黑之神已有百多年沒在人間現身了。」

「另外還有一點或許可作為線索，這種讓魂魄依附在活人身上的法術並不容易，若被依附者是自願的也罷，但若本體的靈魂有所反抗，施行這禁咒的祭司便須定期獻上活祭。當然這一切只是我的猜測，不過你們不妨試試往這個方向調查。」

「那就往奴布爾看看吧！那兒是暗黑神教的大本營，也是三王姊曾祕密到訪的城鎮。」我立即作出了決定。雖然這只是推測，可是妮娜的魔法知識可不是蓋的，因此可信性很高，何況現在我們也只能抓緊這唯一的線索了。

「等一下。」妮娜沒好氣地澆熄了我那才剛剛燃燒起來的鬥志：「妳這個丁點魔法知識也沒有的丫頭，要怎樣破解那個禁咒？別告訴我妳想要用劍來解決。」

不只是我，就連多提亞與利馬聞言也僵住了。確實，這段路程若單單倚靠我們三人，恐怕即使遇上線索也無法察覺吧？

就在此時，妮娜把呆站於一旁的夏爾往前推，以推銷大嬸似的語氣，大拍賣般說道：「來來來！各位街坊來看一下吧！這是出產自妮娜家的魔法學徒，保證實力一等一，任勞任怨任欺負，而且對於禁咒知之甚詳。老主顧再打個八折……」

不待妮娜說完，我便立即舉起了手大喊：「我要買！」

風情萬種地繞了繞垂於肩膀上的金紅髮絲，妮娜甜美一笑道：「那麼，小維妳便用性命來交換吧！」

聞言利馬與多提亞立即擋在我的身前。妮娜見狀露出惡作劇的表情道：「別那麼緊張，我要的不是小ㄚ頭的性命。只是希望妳答應我，維。將來有一天，妳要放過一個妳將會要殺掉的人。」

「妳說的那人是誰？」我在兩個騎士長身後好奇地反問。

妮娜狡黠地笑了笑，伸出食指在唇前做出一個噤聲的手勢道：「到那時候我再告訴妳吧！」

只是饒過一個人的性命便能獲得魔法師的幫助，對於不懂魔法的我來說實在是很吸引人的條件。想了想，也沒有什麼人會是我非殺不可的，因此我也不太在意妮娜這奇怪的要求，爽快地答允下來：「成交！」

身為當事人的夏爾一臉迷茫，我敢打賭這不幸的少年還未搞清楚狀況，全然不知自己已經被無情的師父賣掉了。

這孩子本就冒失又容易緊張，幾番思量之下，我決定將眞相稍微隱瞞一些重點才告訴他：「夏爾，我最近惹上了一點麻煩（本公主成爲國家級的通緝犯了），因此妮娜讓你跟著我一起旅行（把你賣了給我），順道替我解決某些問題（禁咒的問題），可以嗎？」

夏爾聽到我需要幫忙，立即露出了憨憨的笑容道：「當然可以啊！只要師父不反對的話，我一定會幫妳的。」

少年純眞的笑容害我禁不住浮現出深切的罪惡感。我也不想隱瞞，可是說出實情準會嚇死他的！然後妮娜便會沒徒弟使喚，接著便能名正言順地以此爲由，威迫我這個可憐人頂上夏爾的位置……

因此對不起！夏爾，你還是乖乖受騙吧！

此時仍未被我收回的銀燕低聲地鳴叫了幾聲，順著牠示警的方向凝神察看，這才發現遠方有微弱的火光逐漸逼近。只是距離尙遠，若不是小海燕一直高飛視察也不會發現。

「士兵們搜到森林裡了，相對地，城內的士兵數目應該就會減少一些。先到我家避避風頭吧！現在各城門都有重兵把守，所有人一概不得出入，大概還要再過幾天才會放行。」

這種時候即使是好戰的利馬也明白硬闖絕非上策，因此我們領謝了妮娜的好意。女扮男裝的我並沒有覆上斗篷，而是以男子的裝扮正大光明地走在街上。

壓下內心的緊張感，我一臉若無其事地在大街上闊步而行。大概認爲在這種風頭火勢的狀況下通緝犯不會冒險到處走動，因此搜索暗街小巷的士兵遠比大街上的來得多，所以我倒是能很輕鬆自在地順利前進。

反倒是在士兵之間名氣不小的兩名皇家騎士長，卻要用斗篷遮遮掩掩的，深怕被人看出眞面目，因而落個「擅離職守」之名。還好二人身材挺拔，一看便知道是成年男子，一路上倒也沒有士兵把他們當作是四公主攔截下來查問。

ch.7 傭兵團・創神

有驚無險地來到妮娜位於店鋪上層的居所，雖然經常到魔法商店買東西，可是上層卻還是初次來訪。妮娜的家比想像中簡單，沒有奇奇怪怪的變態擺設，也沒有想像中的蕾絲窗簾以及粉紅色大床。室內全都是木製家具，結構精美複雜的魔法陣繪圖有的像壁紙般釘在牆上、有的散落在木桌上。厚重的書籍以及美麗的水晶比比皆是，淡雅的薰香令人感到舒適放鬆。

看到利馬警戒地想要辨別這股香氣的成分，妮娜對對方的態度不在意地聳了聳肩，解釋道：「只是焚燒香草的氣味，這些香氣有回復體力的效果，也算是大自然的小魔法吧。」

說罷她便把我們帶到客房，這間看起來不大的房子卻意外地有許多隔間。「開房門前切記把門把向右扭三次以後才打開。切記是向右三下，多一下不行，少一下也不行，不然後果自負。」留下令人萬般在意的警告，妮娜嬌笑著擺了擺手便轉身離開了。

只是這個疑惑持續不到兩秒，便因響徹雲霄的慘叫聲而解開謎底了。

衝出房間，我便見到夏爾死命地往門外跑，一顆濕漉漉的蛇頭則緊咬著少年的衣角，嚇得哭了出來的夏爾邊哭邊往房間內拋出一顆火球，接著再使出一個雷電魔法。在巨蛇鬆口的瞬間少年立即衝往前，並且「砰」地把房門用力關上。

扶著牆壁的夏爾重重地喘息，一時間除了他的喘息聲外四周靜得可怕，最後多提亞略一猶疑，便走到夏爾的房前把門把往右扭三下後將門打開，隨即大家面無表情地看著沒有巨蛇、也沒有絲毫破壞痕跡的正常房間呆呆發怔。

「小子，你剛才忘了先扭三下門把才開門？」利馬立即想要求證自己的猜測。

「我有啊。」夏爾心虛地回答：「只是不小心扭錯成了左邊……」

我可以肯定夏爾之所以冒冒失失卻仍有如此高強的魔法本領，絕對是因爲日常生活那從沒間斷過的恐怖試煉。

之後，當少年不知是第七還是第八次扭錯門把時，我們已經可以像妮娜一樣無視於他的慘叫聲，在房內呼呼大睡了。

□

由於魔法對我來說是個較爲敏感的話題，爲免招人口舌，我與妮娜一直以來都是維持著私底下的祕密交往，因此城堡中並沒有任何人知悉我們的關係。拜此所賜，除了和其他人家一樣普通的搜查外，士兵們再也沒有找上過妮娜的家；而安安穩穩待在這兒的我們，直至城門開禁後又過了幾天，才討論離城的細節。

「直接去奴布爾就好啦！看小維她現在比男人更像男人，絕對沒有人能看出她是女孩子的，安啦！」紅髮青年如此斬釘截鐵地說道。

利馬，雖然我知道你沒惡意，可是請你閉嘴吧！

「可是我認爲以三殿下的性格，必定會對前往奴布爾的人多加查問。若我們以旅人的身分由王城出發，直接到奴布爾難免惹人懷疑。奴布爾位置偏遠，也沒有足以吸引旅客的名勝古蹟，爲免節外生枝，我們必須要找個合理的理由才行。」

就在大家苦惱不已之際，我無意中看見夏爾一臉有話想說卻又不敢發言的神情，於是我便主動詢問：「夏爾，你有什麼好提議嗎？」

忽然被點名的少年露出小小的訝異神情，這才說道：「那個……雖然我不太明白大家在躲什麼……可是想要偷偷前往奴布爾而又不惹人懷疑，那混在傭兵團這個方法大家認爲如何？聽說二殿下正在召集對付叛亂組織的傭兵團，而這個組織的大本營正好就是奴布爾。」

靜默了良久，激賞的聲音隨即響起：「這個主意妙！」

「對！正好可以光明正大地帶著武器離城，也能名正言順地出入各個關卡，實在是個很好的掩護。」

「而且那群人必定想不到身爲四公主的我會女扮男裝，混入這種龍蛇混雜的肌肉猛男集中營！」我愈想便愈覺得這眞是個好主意。怎料在我附和大家的話說完以後，三人原本興高采烈的表情忽然消失，討論的聲音也突然靜止，只是以很古怪的表情盯著我看。

「我想……或許還是再思考別的方法吧！」被盯得莫名其妙之際，多提亞竟說出改變主意的話。

更令人驚訝的是，我還沒來得及做出反應，利馬與夏爾也很有默契地一致點頭。

「咦？爲什麼忽然這麼說？我覺得這個方法很好啊！而且再也沒有更好的提

案了吧？」面對我不解的詢問，利馬與多提亞只是沉默著，並且回以我很古怪的眼神。那皺起了眉的神情與其說是在苦思著其他方法，倒不如說是在苦惱著該怎樣說服我放棄。

「對不起……我沒想到讓維混在男人堆中會不方便……」夏爾小聲地一句抱歉，總算令我恍然大悟。

雖然很高興他們如此爲我設想，可是我卻倔強地不希望因爲自己的關係，而令大家最終挑選了危險的道路。

男人有什麼大不了的，不就是少了□□再多了□□!?

「眞是見鬼的不方便！要是你們因此選了其他麻煩的方法，這才眞的是不方便呢！」不給他們有反駁的機會，我硬是拉起體力上無法反抗我的魔法師，看也不看兩名騎士長便往外衝去道：「決定了！去傭兵團報名吧！」

□

王城有著所謂的傭兵公會，這兒集合了眾多得到國家認可的傭兵團。也有不少沒有加入團體的自由傭兵，會在那兒尋找臨時的合作伙伴。

公會的存在主要是作爲國家發放任務的媒介，以及任務獎金的管理。而每當有大型任務時，那兒便會成爲傭兵的集中地。

聽夏爾說，這個叛亂組織的掃蕩任務只接受合法的傭兵團參與，而且人數也有一定的限制，因此我們必須先加入團體，最好還要是出名的傭兵團，這樣被選上的機率才能相對提高。

離公會還有一段遠遠的距離，卻已經隱約看到密集的人群了。這次任務獎金似乎真的很可觀，我想與我們懷有相同心思、想加入團體的自由傭兵數量應該不少，事情也許並沒有想像中的簡單。

來到公會外那寬闊的廣場，肌肉男、肌肉男、肌肉男！到處都是凶神惡煞的肌肉男！相比之下，我與夏爾好像忽然間變迷你了，而且於人群中反而變得異常醒目，不少人向我們投以輕蔑或是好奇的目光。

當然正常體型的人也不是沒有，甚至女性傭兵也不少，只是在腦袋瞬間被滿眼肌肉塞爆的狀況下，我已經暫時再也看不到肌肉以外的其他事物了。

雖然人數眾多，且當中不少人都是四肢發達、崇尚暴力的草莽，然而在公會的地盤他們還是不敢過於放肆，秩序倒還算不錯。

「若維妳無論如何也要以傭兵團作掩飾的話，我只能答允加入『創神』。雖然規模差不多的『滅元』挑選成員的規則鬆得多，可是以名聲及質素來說，則完全及不上『創神』。若成爲『創神』的成員，我們才能放心。」不意外，背後傳來了多提亞的嗓音，他們果然跟來了，嘿嘿！

伸出手護著我與瘦小的夏爾於肌肉男之間前進，利馬的嗓音充滿著嘲諷：「那個『滅元』的名聲可差了，只是以人多勢眾以及惹事生非的惡劣作風招致人們恐懼而已，實際的實力卻不怎樣。」

從來不懂得收斂的利馬說話的音量不小，一番話下來頓時引來不少側目。在虎狼般的注視下，夏爾不安地踮起了腳，在我耳邊輕聲抗議道：「利馬的聲音太大了啦！」

正要回答，我卻訝異地發現「他」竟混在傭兵之間。

那名有著溫暖的棕色頭髮、如蜜糖般色澤溫潤雙眸的青年，正在與「滅元」的幾名傭兵談話。只見那幾名高大的男子對望一眼，便擺了擺手，狀似拒絕了他的請求，在青年離開時更是發出看不起人的囂張嘲笑，而當事人則只是好脾氣地露出了無奈的苦笑，然後再轉而走向其他傭兵團。

他在做什麼？身為叛亂組織首領的他，該不會想要正光明正大地加入討伐自己的傭兵團吧？

察覺到我的目光，男子敏銳地看了過來。沒有特意移開視線，我大方地與他對望幾秒後，正好發現我停下步伐的同伴們轉身呼喚我，向青年禮貌地點了點頭，我便轉身跑去。

所有傭兵團的成員初選都大同小異，不外乎一群爭飯碗的可憐蟲拚個你死我活，數十人打破頭爭取一個職位餬口……咳！總而言之就是實力代表一切，而要進入「創神」，除了獲勝以外，還要進行謎之面試，而且聽說篩選條件完全視乎團長大人的心情而定。因此雖然「創神」的名氣不小，但大多數人寧可挑一些小名氣的，也不願以這種賭博似的方式來碰運氣。

即使如此，洶湧而至的人潮還是很可觀的。在所有人都是競爭對手的狀況下，每個人的態度也理所當然地親切不到哪裡去，而當我們四人來到報名位置時，四周更是傳出陣陣不屑的竊竊私語。

令人意外地，處理報名手續的「創神」正規團員，是名年紀與利馬他們差不多的青年，雖然長相並不特別突出，卻倒也長得人模人樣，於眾多猩猩與猿人中總算能近距離接觸同伴以外的正常人類，我只差沒感動得流起淚來。

看到我上前報名，青年露出有點莞爾的神情，然而眼神裡卻沒有令人厭惡的嘲諷以及輕蔑。直至看到那比我還更年輕的夏爾時，他愣了愣，忍不住詢問：「這一位也是來報名的嗎？」

「對啊！他是魔法師，傭兵團也需要魔法師吧？」我將少年往前推，希望至少讓本就沒氣勢的他看起來沒有那麼小。

「抱歉，魔法師的話我們已經有了。」青年帶著歉意地說道。看他那坦率的眼神倒不像是藉詞推搪，因此我連忙改口……

「開玩笑的，其實這是我們的行李，請不用理會。」

青年再次愣住了：「你剛才不是說他是魔法師嗎？」

「所以就說我剛剛是在開玩笑。」我理所當然地回道。

「……你確定你剛剛在開玩笑，而不是現在在開玩笑嗎？」

「正確來說，這孩子雖是魔法師，但眞正身分卻是他的師父以八折友誼價賣給我們的行李。」這番話倒不是說謊，雖然我想沒有人會相信就是了。

就在青年想要再說什麼的時候，他身後的房間竟忽然跑出兩名長得一模一樣的少年。

與我相若的年紀，兩名外貌相同、髮色高矮也完全一致的少年，一左一右站在青年的兩側。兩名少年顯然對年紀差不多的我以及夏爾很感興趣，其中右手邊的少年更是直嚷道：「魔法師又有什麼關係？就讓他試試嘛！」

青年頓時露出既無奈卻又哭笑不得的神情道：「是喔！有你們這兩個小鬼還不夠。除非你們退位讓賢，不然我們的人數又不多，擁有兩名魔法師已經很足夠了。」

「可是我們喜歡他嘛！」另一名少年也開口幫腔。

「爲什麼？因爲他和你們一樣是魔法師嗎？」青年納悶地問。

兩個少年立即很有默契地回答：「因爲他比我們小！」

「抱歉，如大家所見我們已經有兩名超愛惹麻煩的魔法師了。旁邊的『滅元』好像有在招攬魔法師的樣子，你倒不如加入他們吧！」青年再也不理會他們，無視依舊在吵嚷的少年，把視線再度轉回我們身上。

我偷瞄了一下一直站在身旁默不作聲的兩名騎士長，小聲地喃喃自語：「申請進哪個傭兵團，這又不是我們可以選擇的事……」

我可以肯定，無法加入「創神」的話，利馬他們是無論如何也不會答允這辦法的。而且「創神」的團員至今還沒看到有大猩猩肌肉男，我很快便從「無所謂，進哪兒都可以」變成「拜託！請收留我們吧！」的心情。

這個想法才剛浮現，我便看見一個肌肉型猛男走了過來向青年搭話了！

「團長說就讓這位少年試試。」不單身型、就連長相也很粗獷的男子一開口果然是個大嗓子！

那對雙胞胎歡呼了聲，便不理會青年的猶疑，衝上前硬是把入團賽的名牌搶塞到夏爾手裡。

我看著各人都順利取得號碼牌後總算鬆了口氣，隨即抬起頭，把視線迎向那群以輕蔑無比的眼神瞪著我們、這次競爭入團資格的對手。

緩緩地勾起嘴角，我轉向三名同伴露出燦爛的笑容：「那麼接下來，我們去讓所有人大吃一驚吧！」

□

所有人盡數取得號碼牌後，我們便被分派至公會的訓練場。爲了今天的招募，公會早就把場地劃分出多個大型擂台，每個傭兵團都獲分配一個使用。由於人數眾多，因此第一輪篩選大多以團體戰爲主，先刪掉大部分的人數，再以個人戰來選核。

至於我們想要加入的「創神」……

「太麻煩了，來一場大混戰吧！」那名派發號碼牌的青年，事後我們才得知他竟是「創神」的副團長大人——達倫・亞德里恩。他以一臉無所謂的神情語出驚人道：「人數……就刪至十人好了。」

不會吧？篩選以後還有最難搞定的謎之面試！你們真的有心想招募新團員嗎？

我無奈地想，難怪「創神」總是人數稀少，被譽爲史上最難加入的傭兵團。

於是，所有人便盡數走往擂台，即使「創神」的應徵者較其他傭兵團來得少，可是一下子全擁上擂台看起來還是很壯觀。眾人毫不避諱地把不懷好意的視線全投至夏爾身上，我也不難猜出他們到底在想些什麼。

想從看來起最弱的夏爾開始殺起嗎？還眞是找死的行徑。

鐘聲一響，果然六、七十人之中起碼有四分三的人往夏爾衝過去。就在他們衝至少年面前的瞬間，擂台的地面忽然分裂開來，敵人的面前出現一條巨大的鴻溝。

跑在前頭的人想要停住腳步已經來不及了，何況即使他們及時停下，也不代表他們身後的人不會繼續衝上。結果這群人的下場不是自行衝下去，就是被衝在後頭的人推了下去。

眼看半數人就這樣什麼都沒幹便跌進斷層中，隨即裂縫便「啪」地闔了起來，然後讓人哭笑不得的是，那些被地面吞沒的敵人很快便從另一邊的泥地中被「吐」出來。看他們滿身泥濘的狼狽樣子，活像是被怪物吃下肚後，來不及消化便排出來的大便！

瞬間四周安靜得只剩下眾人的呼吸聲，以及夏爾那鑲滿小水晶的項鍊上，其中一顆水晶粉碎掉的聲音。

瞬間，生還者們的驚呼聲此起彼落。

「不會吧？那小鬼什麼動作也沒有啊！」

「而且還省掉了咒文！」

「他還沒有使用法杖！哪有魔法師使出大型魔法卻只消耗一顆小水晶的!?」

沒有讓敵人有回過神來的機會，利馬與多提亞已高速往前衝去，而我則是護在夏爾身前警戒著。兩名騎士長的劍術本就不知高出這些烏合之眾多少倍，加上敵人還處於被夏爾的魔法所帶來的震驚與混亂中，兩人可說是所向披靡，瞬間便衝垮了人群。

「天啊！這是什麼怪物！」

聽到那些被嚇呆了的巨漢的驚呼，我禁不住「嗤」地一聲笑了出來。

看利馬與多提亞兩人應付得遊刃有餘，夏爾也就不浪費水晶使出什麼大招式，只是偶爾拋出一些擾亂敵人的小魔法。由於夏爾不須唸咒文便能發動魔法，眾人無法掌握少年出手的時機，因而出乎意料地，這些小魔法的效果竟然很不錯。

也許是利馬與多提亞太強，也許是被夏爾弄得煩了，本是競爭對手的其他人很微妙地形成了暫時的聯手作戰關係，顯然打算先把我們這幾個棘手的敵人幹掉再說。

對付騎士長的人由單純的攻擊變成了纏鬥，而其他人則是繞過位於正中位置的他們，往不擅於近身戰的魔法師攻去。

可是他們是不是忘記了，夏爾的身旁還有我在呢？

雖然我的劍不像利馬那麼具有攻擊力，也不像多提亞的劍路詭譎難測……

可是我很快。

我壓低重心後雙腿一蹬便往前衝去，在敵人還沒弄清楚發生什麼事的瞬間，已經來到他身前送上一劍。我敢說在他倒下的那刻，還不曉得自己怎會被斬中，在他眼中，我大概就像突然消失一樣吧？

一劍得手後我並沒有緩下揮劍的動作，反手一劍在另一名巨漢的手上劃下一道不淺的傷口，順道把另一人的劍打下。

我的職責是保護夏爾而不是殺敵，因此我沒有讓自己離開他太遠，瞬間打敗三人以後我便立即退了回去，站在夏爾身前以警告的眼神瞪著那些圍住我們、卻又一時間不敢上前的敵人。

身後還有夏爾在，要是他們群起而攻倒是麻煩。看他們有點退縮，於是我惡劣地勾起了嘴角，決定嚇嚇他們。

伸出手指向最前的敵人，我沉聲說道：「退下吧！別以爲我們之中只有這孩子才能使出魔法！」

男人顯然不信，張開口想要反駁，然而他還沒來得及說出一個字，便「砰」地一聲倒在地上失去了意識。

見狀，包圍著我們的敵人不由自主地後退了好幾步，驚疑不定地看著我這充滿自信的笑容。

利馬很不客氣地向我丟了記大大的白眼，多提亞則是哭笑不得地搖搖頭，而身旁的夏爾卻是不解地喃喃自語道：「奇怪……我明明感覺不到元素的變換……而且維妳不是不能接觸魔法嗎？」

我立即狠狠踩了他一腳，好讓他閉嘴。

可惡！幹嘛掀自家人的底!?

小海燕飛回我的肩膀上，每次使出帶有麻痺功用的毒針後，要休息好一段時間才能使出第二擊。看牠暫時派不上用場，我也就乾脆把牠收回手鐲裡。危險地瞇起雙眼，我虛張聲勢地笑道：「你們自個兒去鬼打鬼吧！再不然去找那兩個傢伙舒展筋骨也可以，但別再來招惹我們了，除非你們想要像這個人一樣，與地面來個『親密接觸』。」

包圍我與夏爾的二十多人忽然感到背後傳來令人毛骨悚然的殺氣，回首才驚覺利馬他們不知何時已經把那堆不知死活的挑戰者擊倒，正冷眼看著他們這些剩下的生還者……

瞬間他們臉都白了，再把頭轉回來，我便朝他們露齒一笑。

看到我的笑容後，他們的臉頓時由白色轉成青綠色……

有好幾人很乾脆地棄權了，餘下的十多人卻盡往利馬他們身上攻去。

對身為劍士的他們來說，與其和自己不熟悉的魔法師戰鬥，倒不如挑戰同樣身為劍士的二人吧？

露出奸計得逞的笑容，我垂下劍尖站在一旁看好戲。這時，忽然心頭一個顫抖，憑藉敏銳無比的直覺，我想也沒想便往旁閃開，險險避過了從後偷襲的一劍！

ch.8 入團

沒有花時間回頭察看身後敵人的樣子，我憑藉記憶中的位置伸出了手，把身旁來不及反應的夏爾拉了過來。確認少年處於我的掩護下後，這才把視線投向那卑劣的偷襲者身上。

結果一看我便呆了，對方並不是想像中的肌肉男，這個卑鄙人士不單長得不醜，甚至非常非常俊美！微鬈的金紅髮絲閃爍著太陽般的光芒，暗藍的眼眸彷彿帶有懾人的魔力，修長的身材、慵懶的姿態及戲謔的笑容更顯出無限的魅力。然而他散發出的氣息卻很銳利，就像隻美麗的黑豹。看似漫不經心，卻能在瞬間把獵物撕碎。

還好我家的兩名騎士長雖不如他的極品，但怎麼說也是一級美男子，再說不計他們兩人，我女扮男裝的扮相也很優啊！因此我終究有著一定的免疫力，不至於被敵人迷得頭暈目眩。

看到我不爲所動（其實內心有狠狠地震動了一下啦！畢竟秀色可餐，我又不是瞎了……），偷襲者泛起滿是興味的微笑，笑道：「很少會有初次看到我的人如此快便能回過神來張牙舞爪，還眞是隻有趣的小貓咪。」

嗯……我現在的外表可是個男人！什麼小貓咪！難道這個大帥哥男女通吃⁉

對方那滿載笑意的嗓音低沉而富有磁性，他竟連聲音也如此完美！除了性格以外，這男子全身上下找不出絲毫缺點，這令我產生出奇異的殺意……

「夏爾，你退開點。」我小聲地向少年說道。直覺告訴我這個男人雖然一臉輕佻，可是很強，我沒有自信在與他對峙的時候還能分神保護夏爾。

果然下一秒男子便以高速攻來，一向以速度見稱的我竟討不了絲毫便宜。這個人無疑是場中最強的，只是我實在很納悶，如此強悍又搶眼的人，我們怎會在戰鬥前完全沒發現他？

而且，我們明明就已經站在擂台的邊緣了，他怎會在我背後出現？

然而此刻已容不得我胡思亂想，對方凌厲的攻擊排山倒海而來，單是全數擋下已經很吃力了，更遑論反擊。心想這種捱打的時間一長總會落敗，反正終會受傷，我開始考慮是不是應該拚個同歸於盡。若是能在那張不可一世的俊臉上揍上一、兩拳就更好了。

察覺到我的困境，利馬他們焦躁地想趕過來幫忙，然而也不知是否我們的強悍犯了眾怒，與他們纏鬥的敵人竟拚命地用盡方法攔住他們，十多人爆發小宇宙的威力眞的不容小覷，一時間讓偉大的騎士長們抽不出手來幫忙。

至於眼睛跟不上我們速度的夏爾則只能空著急，一副想放出魔法卻又怕會誤擊中我的樣子。

看到這狀況，眼前那可恨的美男子攻勢就更急了，頓時我單是防守也變得很吃力。就在我快要不行的時候，一把劍從旁斜斜刺出，替我擋下了迎面而來的攻擊。

我連忙後躍退出對方的攻擊範圍，這才喘息著看向那出手相助的救命恩人，然而看了一眼我便愣住了……

帶有溫暖色澤的棕髮、蜜色的琥珀眼眸、嘴角勾起的笑容沉穩卻又有點孩子氣，竟是傭兵團此次討伐的最終BOSS卡萊爾！

我的嘴不由自主地抽搐起來……

他眞的想加入傭兵團嗎？不會吧!?

看到我成功退出了他的攻擊範圍，男子並沒有乘勝追擊，只是以漫不經心的姿態輕撫他手中的長劍，似笑非笑地看向插手進來的卡萊爾：「我有點不明白呢！你應該不是小貓咪的伙伴吧？同是這次混戰的競爭對手，說你們是敵人也不爲過，爲何要來破壞我的好事呢？」

勾起了溫煦的笑容，卡萊爾回答道：「若是報考者的對決我當然不會干預，可是一直站在角落的我看得很清楚，你並不是考生。」

我瞬間回想，當時我與夏爾是在邊緣的位置遇上從背後而來的偷襲，那就是說……

「你不是考生！你是直至打鬥途中才上台的！」這樣的話，便可解釋他爲何能在我們的後方出現。

因爲當時他根本就不在台上，而是在台下！

想通了這點後，我隨即又再把視線轉至卡萊爾身上。

話說這位先生，你一直站在角落又是想幹什麼!?

感覺到我那視線的含意，看起來沉穩又溫和的青年竟瞬間浮現出惡作劇似的笑容，毫不隱瞞地道：「因爲主考官不是說了嗎？混戰到剩下來的十人便能獲得面試的資格。」

「……」也就是說你早就打著在大家拚個你死我活後，才出來撿便宜的心思嗎？

眞狡猾！

不過，以這次的規則來看，這種做法也無可厚非，是理所當然的獲勝手段。若不是因爲我氣不過那些人的輕蔑神情，以及夏爾一開始便成爲攻擊目標，我想多提亞大概也會選用這種最有利的方法吧？

於是我也不再多言，與青年肩並肩站立，完全是陌生人的我們卻很有默契地同時間往前衝去。

若說利馬的劍是攻擊的劍、多提亞的是計謀的劍、我的劍是速度的劍的話，那麼，沉穩而不華麗、卻往往能令劍刃適時出現於最適合位置的卡萊爾……

他的劍，是保護的劍。

總能適時地化解我的危機，也總是剛好刺在男子不得不回防的位置。雖然卡萊爾的劍法並不尖銳，可是當一把劍「正好」擺放在你腰側的時候，是沒有任何人會不躲不避不擋格的。

畢竟劍是能殺人的，因此卡萊爾的劍雖然看起來不起眼也毫不銳利，可是無可置疑是很強的。

而他的劍術正好彌補了我防守上的弱點，我的速度則恰能填補他攻擊的不足，二人雖是初次聯手竟意料之外地契合，即使是眼前那強悍的對手，也不禁露出訝異的表情，戲謔的神情收了起來，全神貫注地迎戰。

雖說二對一實在是有違騎士精神，可是管他的！他從後面偷襲我就不卑鄙嗎？想到我差點兒便被人串成串燒，氣不過的我手上的劍又快上了幾分。

就在我們三人打得益發激烈之際，眼前忽然閃現出一點火光。平常沒少看過夏爾那亂七八糟的魔法的我心頭警號大響，也來不及理會對手會不會乘勢攻過來，慌忙拉起身旁的臨時拍檔便往後退。

果然下一秒那小小的火光便忽然炸開，變成橫擋在我們與那神祕男子之間的一道火牆。

挑了挑眉，我表情凶狠地轉向夏爾，卻見少年滿臉無辜地睜大眸子，並且頻頻把手指向台下。

「喔喔！燒得很旺呢！」台下的人，正是那雙在報名時遇見過的雙胞胎。他們手握法杖，正無視自己差點把人活活燒成黑炭的惡行，興高采烈地說著施放魔法的感想。

而站在雙胞胎身旁的「創神」副團長，也就是這次入團試的主考官——達倫．亞德里恩，拍了拍手把我們的視線由雙胞胎吸引至他的身上，然後宣布：「入團試已經結束，恭喜五位，你們合格了。」

我轉身一看，這才發現與騎士長們戰鬥的十多人，早就不知在什麼時候被他們擺平了。

雖然合格是好事，可是我還是禁不住把視線瞪向那名老神在在地立於台上、無視規則偷襲考生的美男子，正要開口向達倫申訴這傢伙的惡行……

「若我是你的話，在入團的結果仍未確定以前，可不會想要得罪『創神』的團長喔！小．貓．咪。」美男子毫不在乎地把劍收起，然後慵懶地跳下台，往台下的雙胞胎及達倫走去。

「誰是小貓咪了!?等等！你是……」腦部對「小貓咪」三字做出立即反應，飄到一半這才理解到男子後半段話裡的意思。

卡萊爾的反應比我平靜得多了，在我目瞪口呆之際，他已經默然把劍收起，然後苦笑道：「看來這位就是『創神』的團長伊里亞德．諾林。」

難道剛才的突襲，就是傳說中的「團長的謎之面試」？

「呵……這次的新成員似乎也很有趣，你們都合格了。」果然是如傳言般以自己的喜好來挑選團員的伊里亞德，很輕率地以奇怪的原因來下決定。然而事後聽達倫說，這次一下子收了五名新團員，已經是「創神」成立以來最多人數的紀錄。

雖然合格了，但我也不敢再去招惹對方，怎知道這看起來喜怒無常又任性的美男子，會不會忽然改變主意？只好把他那不要臉的偷襲當作面試的考題（雖然我真的不覺得自己接觸過名爲「面試」的玩意），好讓自己的心理平衡一點，這才不至於在視線觸及他背後時會有刺他一劍的衝動。

確認入團以後，偉大的團長大人很灑脫地把講解的工作留給副團長便離開了，令我益發覺得他像是隻貓科動物，優雅美麗，然而卻又任性且難以捉摸。

而達倫則是理所當然地接下本應是團長的責任，我不禁把視線移向利馬與多提亞他們。

果然，所謂的頭領與副頭領呢，總是一個能幹一個任性，這種組合眞是不變的眞理啊！

苦笑過後，達倫稱職地擔任起解說員來：「如大家所知，『創神』的團員不多，只有數十人而已。而且我們很少會參加全員出擊的集體行動，基本上團員的行動很自由，也有些自加入以後就不曾回過總部、只有定期作聯繫的團員。」

頓了頓，青年取出數個銀黑色的紋章分給我們道：「由於團員都是由團長親自挑選的，因此大都是個性古怪……呃，有點獨特的人，因此我們也不限定大家行動時必須穿著統一的制服，只是請切記別上這枚紋章好用來辨別同伴，以免同是『創神』的自家人不幸因任務而碰上時，卻因不曉得對方身分而來個生死決鬥的狀況再度發生。」

等等！你說「再度」發生，也就是說這種白痴事件曾經發生過了!?

「而大家這次的加入，我相信都是爲了奴布爾的任務。老實說我們『創神』對那被國家追擊的叛國組織的看法有所保留，此次我們之所以參與掃蕩行動，主要只是為了親自確認事態的發展。因此此次任務只會派出少量團員，並且視狀況將會決定會否中途撤離。若大家是被任務的獎金所吸引而加入的，請把紋章歸還給我，並且去加入旁邊的『滅元』吧！」

達倫說罷，便靜靜地看著我們五人。而我們所有人一致做出的答覆是——把剛到手的銀黑紋章別至衣領上。

「那麼，再次歡迎各位加入『創神傭兵團』。」看到這情景，淡淡的笑容浮現於青年的臉上，隨即達倫便笑道：「大家都知道我們的團長是剛才那位任性的偷襲者伊里亞德，也見識過他的身手了，因此對於團長的介紹我就暫且略過。而我則是『創神』的副團長達倫，大都負責聯繫及策劃性質的工作（怎麼愈聽愈覺得這個人才是團長？），較少到前線。這次奴布爾的任務也將會由團長親自帶領，我並沒有參與。」

說罷達倫便向我們介紹除了團長以外，將會陪同我們這五個新人出任務的團員，也就是在報名時曾替伊里亞德傳話的那名肌肉男。

「這是志羅。從剛才的戰鬥看來，除了這名魔法師少年以外，你們所有人都是使劍的高手，而志羅則是這次團體中的唯一重裝者，擅長大刀等大殺傷力武器。」

「也是我們的老爸。」雙胞胎之一搶著補充。

「不！是老媽子。」雙胞胎之二更正。

好笑地看著志羅一手一個地抓住少年們的領口，像抓小動物般提了起來，達倫向滿臉訝異的我們解釋道：「『老爸』是雙胞胎——科林與大衛——替志羅取的綽號，但志羅並不太喜歡……呃……非常討厭才對。」耳朵被巨漢的怒吼聲震得很不舒服，他還是決定更改成較爲嚴重的字眼，「總而言之，你們直呼他名字的話，志羅會很感激的。」

在達倫介紹完畢後，我們五人也各自作自我介紹。卡萊爾自稱爲自由傭兵，而我則報上了「維斯特」這個假名。

「這次前往奴布爾的任務，連同諸位在內，『創神』將會派出七名團員參與。」至此達倫作了總結。

「怎能這樣！我們也要去！」就在一切都決定之際，雙胞胎忽然異口同聲地提出抗議。

「你們這兩個傢伙跟過去做什麼？留在城鎮接一些擊退山賊的任務比較輕鬆吧？」志羅抱著雙臂，輪流看了看抿起嘴的雙胞胎道：「這可不是小鬼的野餐大會，這次的任務與你們平常玩的家家酒不同，很凶險的。」

「說我們是小鬼，維斯特和夏爾的年紀與我們相仿吧？甚至比我們更小！」大衛不服氣地反脣相譏。

怎麼扯到我頭上了？還有，不要說我小！

「他們的性格可是比你們穩重可靠得多了，而且人家是有正經學習過劍術及魔法的，並不是你們這種雜亂無章的門外漢可相比。」志羅以一副受不了小孩子無理取鬧的樣子反駁道。

看到科林氣鼓鼓地要反擊，達倫趕緊插在他們中間打圓場道：「就由他們吧！反正這次有團長跟著，就讓他們去試試好了。」

「對嘛對嘛！老爸真不愧是老爸，果然夠煩人。還是達倫明理。」

「死小鬼！不是早說了不要再這麼稱呼我了嗎？本大爺今年只有三十而已，能生出你這麼大的兒子嗎？」

「沒辦法，誰教你未老先衰。」似乎很高興看到志羅抓狂的樣子，雙胞胎不斷挑釁，氣得對方暴跳如雷。

「嘖！老爸就是小心眼，再那麼小氣的話，就可榮升爲老媽子了。」

「早已是老媽子啦！你看他的樣子，心煩、多疑，完全是更年期的徵兆嘛。」

我忍不住「噗」地笑了出來，眼角掃到志羅那怨婦似的臉，只好勉爲其難地努力把笑意往肚裡吞。

眼看志羅與雙胞胎的大戰一觸即發，雖然只是我的直覺，可是我覺得這次的奴布爾任務將會有雙胞胎同行。

而我的直覺一向很準。

□

單是憑藉「創神」的名號，我們便輕易成爲討伐叛亂組織團隊的其中一員。

任務資料並不多，只是列出一個集合日期及地點。並且出乎所有人的預期，進攻的目的地竟是一座大型的古代遺跡。

我硬是壓下內心的驚訝，總算沒把疑惑的視線投向卡萊爾身上。

組織的根據地在古遺跡內？

「這次任務並沒有要求所有參與的傭兵須一同前往目的地。有鑑於其他傭兵參與人數眾多，準備武器及行裝需要不少時間，因此我們『創神』會於明天出發，先到達奴布爾了解當地形勢，直至集合日期才與其他傭兵團會合，大家有問題嗎？」

我立即舉手，詢問發言的副團長道：「有，團長人呢？」那個人好歹也是我們這次行動的頭領，怎麼自招募試過後便沒有出現過了？

愣了愣，達倫有點不自在地假咳了聲道：「大家出發時我想他便會現身的，應該……」

還真是不確定的答案。

「呃……我也有問題。」出乎意料地，舉起手的夏爾滿臉疑惑地詢問道：「我們不是要去攻擊叛亂組織嗎？但……到古蹟去做什麼？」

利馬立即以看珍稀動物的神情盯住夏爾，嫌棄地說道：「不就是說他們的根據地在遺跡裡嗎？我們說了這麼久你還搞不懂狀況，不是吧？人家女人無腦好歹還有大胸作補償，你要是無腦便眞是一無是處了。」

「嗯，這個無腦沒胸的好話題，利馬你是在說自己嗎？」多提亞微笑著提問。

我也維護著替少年申辯道：「這也不能怪他啊！副團長解說任務的時候，雙胞胎不是惡作劇地聚集了一大堆閃亮、像是塵埃的東西纏繞著夏爾嗎？看夏爾忙著放出相同的東西反擊，無法分神去聽大家說話，又有什麼奇怪了？」

忽然間四周變得安靜，所有人都以震驚又訝異的神情盯著我看。

「怎、怎麼了嗎？」該不會是他們其實是在聯合起來欺侮夏爾，因此在生氣我破壞了大家的樂趣吧？

「維斯特，你再說一次剛才的話。」達倫以很嚴肅的表情說道。不單是他，所有在場的人神情頓時變得很凝重，這令我不安起來。

「……我剛才說，夏爾無法分神去聽大家說話並不奇怪啊……」可惡！這麼恐怖的氣氛，害我眞的很不想重複一次。

「不是的，維，再前一句，妳說看到雙胞胎及夏爾在做什麼了？」也許是感到我的緊張，多提亞體貼地放柔了臉上的表情，這令我鬆了口氣，雖然我還是看出那雙祖母綠眸子裡的緊張。

「就是……他們放出一堆發亮的塵埃在比拚魔法的事情？」

話剛說完，便立即傳來眾人倒抽口氣的聲音。

「維，妳真的看得見嗎？」

「太厲害了！可惡！我們這兩個魔法師也看不見呢！」

「但維斯特不是劍士嗎？」

「別忘了在考場中他曾以奇異的魔法令考生暈倒。」

眾人七嘴八舌地發話，我頓時被他們搞得頭昏腦脹起來，再也受不了地大叫：「停！」

待所有人都把嘴巴閉上後，我這才揉了揉發疼的額角，虛弱地說道：「首先，我不懂得任何魔法。」看到雙胞胎張了張嘴想要反駁，我立即打斷了他們道：「在考場的時候是我使了點小手段。商業祕密，別問我詳情。」

兩名少年「嘖」了聲，異口同聲地說道：「可是你能看見魔法元素！」

這下輪到我傻眼了。

魔法元素？

明白我對魔法的知識實在少得可憐，夏爾連忙為我解說：「雖然魔法師因派別的不同，因此聚集魔法元素的方法也有所差異，當中有些人擅於繪畫法陣、以音樂或詩詞作詠唱、又或是精密的構成式，可是不論是哪種派別的魔法師，甚至即使是魔力最強大的精靈族，都必須要集合四周的魔法元素才能發動魔法。這些肉眼所看不見的力量，就是所有魔法的源頭。」

「魔法元素是存在於世界各處的自然力量。舉例來說，若我們身處潮濕的環境，那麼火系的元素便會較為稀少，在這種場所使用火炎魔法的話力量也會大打折扣。」大衛接著解釋了一些元素的重要性，看到我恍然大悟的神情，他皺起了眉道：「你真的什麼也不懂啊！這些是很普遍的知識，即使不會魔法的普通人也知道的事情。」

我只能苦笑著轉移話題，免得他們追問下去。「嗯……也就是說，魔法元素是很重要的東西，而魔法的強弱是取決於元素的多少？」

「對，當然，影響魔法強弱的還有其他因素，如構成式或法陣的精密度、用來作媒界的晶石的級數等。不過我倒是聽說獸族中有些族群能使出先天能力的魔法，而精靈族則不需要仰賴晶石的力量。」

我還是不懂，這與我有什麼關係？

「這些代表自然力量的魔法元素，是無法以肉眼看見的。」科林斬釘截鐵地說道：「剛才我與大衛是使出消音魔法來作弄夏爾沒錯，可是這魔法除了使用者心知肚明、被襲者能感受到效果以外，其他人是絕不可能看出來的。」

大衛接道：「可是你卻發現我們的比拚，而且還看到了發光體。」

最終，雙胞胎同時間作出總結，他們連嗓音也一模一樣，聽起來竟就像只有一個人在說話的樣子：「也就是說，你看到的東西，是連魔力強大的精靈族也無法看見的魔法元素！」

而夏爾則是目光炯炯地進行遊說：「小維妳眞的不學魔法嗎？既然能單憑肉眼看到元素的驅動，我相信妳若是願意學習，必定會很強的！」

明白我的爲難，利馬與多提亞很有默契地把依舊在喋喋不休的三名魔法師驅逐離場。

卡萊爾猶疑了一會兒，終究還是擔憂地向我作出了警告道：「維斯特，或許你對魔法方面的事並不是很清楚，這眞的是很不得了的天賦，但這件事還是不要讓太多人知道比較好。」

達倫也嚴肅地頷首說道：「爲免惹來麻煩，我也會警告大衛與科林不要再提起這件事。」

似乎這種能力眞的很珍貴稀有，看他們說得慎重，我也認眞地點頭答應，同時感動於相交不深的他們能這麼爲我著想。

腦海浮現出母親臨終的遺言，難道她早就知曉自己未出世的孩子將擁有這種特異的能力，因此死前才再三要求父王不能讓我接觸魔法？

我不禁開始對這個從來沒有細想過的遺言內容產生興趣了。

ch.9 奴布爾

第二天我們便往邊境城鎮奴布爾出發，果然如我所料，志羅最終吵不過牙尖嘴利的雙胞胎，結果還是讓他們跟過來了。

雖然我們曾擔心沒有魔法師留守在王城的總部是否不妥，然而達倫卻很灑脫地表示，反正「創神」的總部一向都處於半真空狀態，與其把雙胞胎留在沒人的總部發霉，倒不如讓他們外出見識一番。

聽到副團長這麼說，志羅也總算停止了老媽子般的碎碎唸，雙胞胎感動得只差沒跪在地上往偉大的副團長拜去。

還有那名神龍見首不見尾的團長，果真如達倫所說，出發時便突然出現在隊伍中，而且竟沒有人看到他是什麼時候混進來的。老實說這個人不去當刺客而選擇傭兵為職業，我真的覺得是暴殄天物。

然而，不知為何這個人一路上總是特別喜歡逗我，我開始益發懷疑起眼前這美男子的性向了！

「嗨！小貓咪，需要我餵你嗎？」剛搭起了臨時的帳篷，滿身泥濘的我面無表情地看著伊里亞德手握葡萄（話說這座森林有葡萄嗎？這東西是怎麼來的!?），狀似誘惑地向我勾勾手指，然後便在眾人的凝視下，用修長的手指摘下其中一顆鮮豔飽滿的紫色葡萄緩緩放進嘴內，那雙薄唇隨即勾起一抹挑逗似的惑人微笑。

「不用了，我自己吃！」臉很不爭氣地紅了起來，我惡狠狠地伸出手，他卻擺了擺手指，笑道：「你的手不是還很髒嗎？這樣會吃壞肚子的喔！來，張開口，啊……」

一路下來的無盡滋擾已經完全消磨了我的耐性，語氣早就不顧他的團長身分而變得冷淡且內容尖銳：「多謝你的好意，只是由卑鄙無恥的偷襲者送過來的食物，我只怕不只是會吃壞肚子的程度呢！」

然而我明顯低估了這個看起來超沒節操傢伙的厚臉皮。

「呵，隨便你怎麼說，反正我不痛不癢。」他竟得寸進尺地咬破手中的葡萄，然後伸出舌頭別有意味地舔了舔殘留在指頭上的紫色汁液道：「只是我可不記得有對你無恥過啊！眞的很無恥嗎？討厭！害人家害羞起來了！」

……話說這位先生，你眞的懂得「害羞」兩個字怎麼寫嗎？

我差點控制不住想要往那張欠揍的俊臉打上一拳時，卻已有人先我一步把伊里亞德握著葡萄的手揮開，是多提亞！

「請團長不要再戲弄維了。」只見騎士長此刻的笑容說有多燦爛便有多燦爛，一雙眼睛全黏上那迷人的溫煦笑容……

天啊！超可怕！

不過我卻安心了。

從小時候起，我與利馬便因天性使然而麻煩不斷，總是苦笑著爲我們善後的人便是多提亞，無論是多嚴重的問題，只要他站在身前我便能獲得保護。因此久而久之便養成了一種很可悲的習慣。

此刻看到對方理所當然地站在身前替我擋掉麻煩，我很自然地退到他的背後，並且安心地鬆了口氣。

伊里亞德神情複雜地看著我們，然後把葡萄高高拋起、吃下道：「感情很好呢！你很寶貝他嘛！」不知是否我的錯覺，對方揶揄的笑容中隱藏著令人心驚的陰鬱；而多提亞也回以毫不退讓的笑容，硬是要遮擋住對方往我身上看來的視線。

現在是什麼狀況？我有點不安地扯了扯多提亞的衣角……

頓時那令我不安的氣息盡數收起，多提亞不再理會依舊散發出莫名敵意的伊里亞德，回過頭溫柔地輕撫我這頭棕色的短髮。

我愣愣地看著眼前的人，不敢相信那美麗的笑容是存在於世界上的。

包含了體貼和溫柔，還有某種令人悸動的莫名情感。

只是那種深刻的感情就像是曇花一現的幻覺，當我想要看真切一點的時候，那雙祖母綠的眸子卻再度浮現出往常的溫和，令我無法看清。

「膽小鬼。」冷冷拋下一句讓人摸不著頭腦的話，伊里亞德便不再理會我們，轉身走開了。

我環視四周看得津津有味的觀眾，所有人都是一副不了解狀況的樣子，卻只有利馬看著我們的神情是一片了然於心。

「哎呀……這種事別問我。」接觸到我詢問的眼神，利馬連忙搖了搖手，並把視線轉至我那因搭建帳篷而變得髒兮兮的身上道：「倒是維妳不用先去洗澡嗎？剛剛我撿柴枝的時候發現那兒有一處隱蔽的溫泉，水溫剛剛好喔！」

一句話便立即引得我歡呼連連道：「我要我要！」

雖然我並不介意露宿野外，也不在意吃難吃的旅行乾糧，可是無法洗澡這點實在讓我難以忍受。

畢竟並不是每天都能在有水源的地方休息，我已經兩天沒洗澡了！

往利馬所指示的方向跑去，掠過他身旁時，敏銳地聽到了騎士長的小聲嘀咕道：「這樣子就滿足了嗎？人都是入奢容易從簡難呀！怎麼我們的公主殿下卻是相反呢？」

我不禁被他逗得笑了起來。

□

果然利馬所說的溫泉確是浸浴的好地方，乳白色的溫泉水溫度適中，雖然有著溫泉特有的氣味卻不會刺鼻；四周還有矮小的灌木作遮掩。看到這溫泉的瞬間我二話不說便脫下衣服走了進去，反正團體那邊有利馬他們擋著，在這種人跡稀少的森林裡也不怕會有誰來打擾。

閉上雙目，我放鬆地倚在泉邊閉目養神，但被我放出來作爲守衛的銀燕此時卻突然急速鳴叫了幾聲，我慌忙地想穿上放在泉邊的衣服，然而那踏在青草上的腳步聲卻已愈來愈近。

「來不及了！」這個想法一浮現，我乾脆捨下手上的衣物退回池中，只讓肩膀以上的位置露出水面。

果然我這才縮回去，下一秒來人便撥開灌木叢的枝葉走過來了。是卡萊爾！

我在內心頓時把沒用的三人組咒罵了千百遍。

看到是我在泡浴，卡萊爾的神情顯得很驚訝道：「原來是維斯特，我感到這兒有微弱的動靜，還以爲是有什麼小動物躲藏在這兒。」

我這才想起來，這個人好像是負責外出狩獵的，並沒有與利馬他們在一起，看來是我錯怪他們了。

面對青年的話，我只能勉強地勾起嘴角回以一個苦笑。

這兒沒有你想要的獵物！快點走吧！

卡萊爾不單沒有心有靈犀地退開（基本上我覺得他與我之間應該也沒有那種玩意），反而走到泉邊，把手伸進了泛著蒸氣的泉水中，說：「這個溫泉眞是不錯呢！是維斯特你發現的？」

「……是利馬發現的。」我侷促不安地退後了幾步。是誰發現都好，拜託你快點離開吧！

看到我的反應，青年疑惑地皺起眉，竟開始脫起衣服！雖然他臉上不動聲色，可是我並沒有看漏他眼裡的試探。「好像很舒服呢！不介意我也加入吧？」

糟糕！他好像起疑心了！

「介意！我非常非常介意！」雖然內心這麼吶喊著，可是卻想不出任何藉口不讓同爲「男性」的卡萊爾一起下水。

看到青年已經脫掉外衣，上半身只剩下一件貼身衣物時，我幾乎要哭了。

就在我想不顧一切喊「停」之際（開什麼玩笑！我才不要和男人一起洗！），泉旁的一棵大樹上忽然傳來了「沙沙」聲響。

與卡萊爾不約而同地抬頭，映入眼簾的是團長那張絕美的臉龐。

站在高大的枝幹上，伊里亞德俯視泉邊的卡萊爾，挑了挑眉道：「哎呀！原來是躲在這兒偷懶。我們都快餓死了，你卻想要舒舒服服地在這兒泡溫泉嗎？」

青年看了看縮在水裡的我，再看了看樹上的團長，最終若有所思地眨了眨眼後便把衣服穿回，向我孩子氣地笑道：「很遺憾我被抓到了，只好先回去，晚上再來泡吧！」

直至確認卡萊爾遠離至完全看不到的距離，我這才感到有驚無險地吁了口氣，卻忘了還有一個危險性更大的色狼在。

「你啊！小心一點。」對方卻沒有像往常那般走過來纏著我，只留下一句沒頭沒尾的話後便瞬間不見了影蹤。

禁不住再次想，伊里亞德不當刺客還眞是浪費！

只是……他該不會是特意來救我的吧？而且他離去前那句意義不明的話……難道他知道我其實是女孩子嗎？

可是在今天以前我都沒露出任何破綻啊！就連利馬他們也說我比男孩子更像男孩子，他到底是怎樣看出來的？

然而仔細想想卻又覺得不對。好像由最初相識開始，這個沒節操的色男已經老愛纏著我了，總是喚我作小貓咪，又總是做些曖昧的行爲來逗我。起初我以爲是他的性向問題（反正這種沒節操的人男女通吃也不出奇）……可是仔細一想，卻發現他的魔手單單只伸向我一人。

難道這個人從一開始，便已知曉我的身分了？

而且他給我的感覺很熟悉，但如此惹眼的人，如果我眞的認識的話沒道理想不起來啊！

看來往後的日子我要多加注意這個人了。啊！還有已經起了疑心的卡萊爾。

□

之後的路程風平浪靜，沒有再發生什麼大事，伊里亞德依舊老愛黏著我，但往往都被多提亞給擊退。至於卡萊爾則一如以往，對待我的態度也沒有絲毫轉變，這令我不禁懷疑也許一切都只是自己多想了吧？

憑藉因任務所獲得的通行證，我們輕易通過了所有需要盤查的關卡，來到了偏遠的邊境城鎮——奴布爾。

長途跋涉到達目的地後，我們開始從各種管道搜集所有有關叛亂組織、暗黑神教以及古遺跡的資料。

也不知是否位置偏遠的城鎮難得出現外來訪客，又或是與肌肉劃上等號的傭兵中難得出現眾多美男子，這幾天下來，鎮上的年輕小姐們都總愛往我們暫住的旅館裡跑。而最令人哭笑不得的是，所有人之中最受歡迎的人，竟是女扮男裝的人妖——也就是我。

「維斯特，這是我今早特別為你而做的，請嚐嚐。」一名少女雙手捧著一包烤得很美麗的金黃色餅乾興沖沖地向我跑來。

「謝謝！」我露出很紳士的優雅笑容，取過一片放進口中道：「很好吃。」少女那羞答答的樣子眞的好可愛，於是因習慣而不期然露出的王家風範笑容也不禁變得燦爛，圍繞在我身邊那些少女們的臉隨即變得更紅了。

「喂！維斯特，你眞是不夠朋友，有好東西也不拿出來與大家分享。」忽然背部被人狠狠地拍了一下，害我剛到手的甜點差點就被嚇得掉在地上。不用回頭看，單是那股大手勁以及豪邁的笑聲，便知道絕對是剛與夏爾從暗黑神教總部回來的志羅。

「志羅吃什麼乾醋？酸死了。」早一步回來的利馬嘲諷地笑著。

聞言，志羅翻了翻眼道：「也不知道這娘娘腔的小子有哪點吸引人。」

此話一出，巨漢立即成爲了少女們的攻擊目標：「維斯特的魅力才不是你這個肌肉白痴所能理解的呢！」

「對！他那種清雅脫俗的氣質以及美麗的中性臉龐，才是最迷人的地方，可不是什麼娘娘腔！」另一名少女重重地點頭附和。

「而且他禮貌又紳士，體貼人的感覺讓人很貼心。」

「最重要的是他很強！」曾被我於狼齒下救回的少女說得一臉陶醉。

「放心吧！維斯特你一點兒也不像女孩子。」最後送我餅乾的少女滿臉堅決地安慰我。

完全不像嗎？聽起來心情滿複雜的。

「是、是，他是妳們夢中情人的完美化身、理想中的丈夫典範，總之就是那種娘娘腔……不！白淨高雅的白馬王子對吧？」被圍攻的志羅最終舉手投降，並且無奈地苦笑著。

正心想那也太誇張了吧？怎料眾女孩卻露出滿意的表情同時間點了點頭，實在令我哭笑不得。

聽到這一連串對話的利馬早已笑翻了，道：「老是說伊里亞德紅顏禍水，結果維妳才是男女通吃的那一個禍水嘛！」

不理會一時三刻絕對笑得停不下來的利馬，我轉向少女們露出了完美的笑容道：「請問，這些點心可以分一點給住在旅館裡的大家嗎？」

看眾少女萬般不願的神情，我微微一笑道：「雖然我很想把各位小姐所送的點心據爲己有，然而只有我一人獨享這麼美味的食物，那會讓我感到內疚的。」即使點心的味道全都不錯，但這種數量實在太可觀了點，不找人分擔分擔絕不可能吃得完。

看到本一臉不願的少女們態度即時一轉，邊啐了自己一聲「口甜舌滑」，邊笑嘻嘻地將甜點分過去。

志羅訝異又崇拜地苦笑道：「還是你有辦法。」

直至把小姐們都打發走，待所有人都視察回來以後（雖說是所有人，然而最重要的團長不知道閒逛至哪位小姐的床上了。經過多天下來的經驗，我們已經完全放棄，不再妄想要去尋找他的行蹤），我們八人便關上門商討今天所獲得的情報。

「很奇怪，據居民說，那座古蹟荒廢已久，不要說是足以引起王族注意的大組織，就連到訪的旅客也很稀少。」作爲向居民們打聽情報的和善二人組卡萊爾及多提亞如此說道。

「我與科林到古蹟看過了。」雙胞胎之一的大衛說道：「雖然神殿的遺跡已經殘破得完全看不出過去是供奉哪位神明，可是空氣中卻瀰漫著濃烈的黑暗氣息。信仰黑暗的宗教本就稀少，我們猜想那兒是暗黑神教的古舊神殿。」

科林補充：「而且這麼濃烈的感覺絕不是一個荒廢的神殿應有的，唯一的解釋是不久前曾經有人在那兒做了降神儀式！」

卡萊爾那雙溫潤的蜜色雙眸微不可見地精光一閃，狀似漫不經心地提議道：

「既然一切的疑點都直指暗黑神教，這次的事件顯然不尋常。可是我們這幾天明查暗訪這個教派的總部也進展不大，那麼我們倒不如嘗試潛入古蹟的內部看看吧！」

雙胞胎皺了皺眉道：「可是那座古蹟有很多看起來很強的騎士在把守啊！」

「這不也是個不自然之處嗎？」忽然出現的聲響著實把我們所有人嚇了一跳，利馬與志羅甚至連武器都拔出來了。

回頭一看才發現入侵者竟是自家團長，也不知剛才是與哪位小姐（也許是先生？）溫存，男子的長髮隨意地披散而下，一身略顯凌亂的衣服衣領大開，懶散地倚在窗旁的他，魅力度比平常的狀態更是上升了足足一倍。

團長，你不當刺客的話也許可以改行做牛郎？

早就習慣伊里亞德的來無影去無蹤，大家很快又再度若無其事地進入了討論的狀態。

看到眾人瞬間恢復冷靜，團長有點失望地抿了抿嘴，續道：「雖然騎士們的說詞是他們是爲了防止困於古蹟裡的叛黨逃走而駐守，但這不是很矛盾嗎？」

點點頭，一向與伊里亞德水火不容的多提亞難得地附和道：「我也有此想法。

若叛亂組織眞的如他們所說早已被騎士們困於古蹟內，那麼王族根本不用付出龐大的費用來聘請傭兵了，這種狀況單是騎士也能解決吧？」

「而且這又不是什麼舉世聞名的珍貴古蹟，以二殿下素來的凶殘手段，若眞的有敵人躲藏在那兒，她才不管這遺跡是否是暗黑神教的重地，早就一把火把古蹟連人一起燒光。」我涼涼地補上一句。二王姊的手段就數我最清楚了，這個人的眼中除了權力與殺戮以外，早就容不下任何事物。

「可是……聽科林說那些駐守的騎士看起來很強啊！我們該怎樣混進去呢？」一想到那些威風凜凜站崗的騎士，還未曾到過遺跡的夏爾明顯表現出退縮。

我與兩名騎士長無言地對望了一眼。

老實說，如何越過騎士們的防線絕不是大問題，最大的問題反而是應如何隱瞞著大家與卡戴維他們聯絡上？

因為，擔任駐守任務的，正是我們熟悉得不能再熟悉的皇家騎士團第二、三分隊！

「一試無妨。被抓到的話，大不了就辯稱我們『創神』急功近利，想潛進去先抓出叛亂分子好去領獎吧！」身為團長的伊里亞德說出了無視團隊名義、很不負責任的話。

「嗯，既然已經有結論，那麼我有點事先閃一下了。」

「維妳走得那麼急，是趕著上廁所嗎？該不會是剛才那些點心不乾淨吧？」就在我站起身正要離去的時候，利馬看著我有點匆忙的身影，好一句令人尷尬的疑問不經大腦地脫口而出。

我立即不客氣地賞了他一拳。

看對方痛得彎下了腰，我滿意地點點頭，隨即在他耳邊輕聲說道：「我要再來一次飛燕傳書，好通知卡戴維避開我們啦！笨！」

□

月黑風高的夜晚最適合做些偷雞摸狗的事情，我們一行人偷偷摸摸地趁著黑夜潛入古蹟的內部。獲得我所發放出來的訊息，卡戴維他們特意空出了一個防守間隙給我們，而我們也當然順順利利地成功偷溜進去了。

古蹟的內部一片漆黑。外邊的月色及火把的光芒照不進由岩石所堆砌的神殿內部，粗糙的岩石亦無法反射出絲毫光亮，因此我們也只能貼著牆壁，摸索著緩慢前進。

走不了多久，雙胞胎便開始不耐煩道：「不能使用閃光魔法嗎？」

「再忍耐一會兒吧！即使是細微的光亮也有可能被外頭的騎士察覺的。」卡萊爾小聲地安撫著這兩個大孩子的煩躁，以免他們鬧出什麼問題。

雖然心裡明白即使現在我們在這兒大叫大嚷，外頭的騎士們也照舊不會理睬。可是我還是做個樣子加入安撫的行列道：「雖然有點暗但也不至於看不到路，你們就……啊！志羅你的前面有個大坑洞，小心點！」

接收到我的警告，大漢總算懸崖勒馬地停住，避過了腳踝插在坑洞裡的危機。

「小維妳看得見!?」利馬驚訝地瞪大了雙眼，滿臉不可思議。

「勉強看得到東西的輪廓，還有你的面前是牆壁……」噢！這次警告得太遲了。伴隨強大的聲響，利馬狠狠地與石壁來個熱烈的親吻。

「痛痛痛！我的臉！」太暗我看不清楚，只見兩行鼻血從他摀住臉的指縫中流下，看起來眞的好痛！

夏爾慌忙拋出好幾個治療魔法，可是卻是使往錯誤的方向……

就在大家手忙腳亂之際，只有伊里亞德完全沒有幫忙的意思，還毫不避諱地指著利馬笑得彎下了腰。

我立即察覺出不對。

「等等！伊里亞德你能看到四周的環境⁉」我瞪住笑得欠揍的團長大人。

「你說呢？小貓咪。」

「……別再向我拋媚眼了，很噁心。」媚眼那麼準確地往我身上拋，也就是說他眞的能看見！

「這兒黑得連一絲光線也沒有，也虧你們看得見，簡直不是人類，比貓頭鷹還要厲害！」也不知道是褒是貶、但絕對是帶有酸味的發言，於科林的口裡不客氣地吐了出來。

看他們那寸步難行的模樣，我不禁好奇地詢問道：「眞的有這麼暗嗎？」

嘆了口氣，多提亞苦笑道：「完全看不到前面的路。」

我不禁疑惑地歪了歪頭，一直都沒有察覺，原來我的夜視能力那麼好嗎？

忽然一道白影於眼角掠過，在這種陰暗的環境，加上背景還是古遺跡的狀況下，倒真的令我有種毛骨悚然的感覺。

這該不會就是所謂的「好兄弟」吧？難道在沒有通靈能力的十七年過後，我終於要迎來人生的第一次撞鬼事件!?

我頓時停下了腳步，然後驚悚地看著那道白影再度飄過眼前，這次它還散發出淡淡的光芒……

媽媽咪呀！

我二話不說便轉身抱住了最接近的人，抖呀抖的。

「維？」感到對方被我抱住的瞬間身體尷尬地僵住，然後頭頂便傳來多提亞那帶有暖意的嗓音。果然人類的恐懼只要到達臨界點，就會迸發出不可思議的力量。

我只是胡亂抓個人來撲，結果就選中團體中的最佳人選了。

只是被我像無尾熊般纏住的多提亞好像……很緊張？看他的身體變得益發僵

硬，難道他和我一樣怕鬼？

抱歉，即使你會怕，我還是不得不說：「有鬼！我看到有白影飄過了！」說罷，我更是拚命往對方的懷裡鑽。

「別怕，沒事的。」輕笑著溫柔地揉了揉我的短髮，這個熟悉的小動作成功地驅散了一點恐懼感。

然而伊里亞德也不知是否故意，竟無視我的驚惶悠閒地下令道：「我們也走得夠深入了，這個位置騎士們應該再也察覺不到了吧？大衛，使出閃光魔法，我們就追上去看看這隻幽靈先生的眞面目好了。」

ch.10 古遺跡的真相

爲免引起外頭騎士的注意，大衛只敢發出很微弱的一點光亮，可是這對於長期處於黑暗中的眾人來說已經足夠。

在多提亞又哄又騙之下，我這才勉強離開他懷裡，改爲牽著他的手，並且戰戰兢兢地指示眾人往白影消失的方向跑去。

一路上多提亞不停東拉西扯地與我談天說地，想要減少我的緊張感，拜此所賜，讓我想起了一個一直藏在心裡的疑惑。「利馬，這幾年間你到底送了什麼生日禮物給我？」

利馬挑了挑眉道：「妳沒看？」

「被妮可藏起來了。」而且她還說那些禮物是猥瑣物……到底是什麼東西呢？我一直很好奇。

「那小妞！就是愛和我唱反調！」利馬惡狠狠地說道：「那可是用以減輕小維對大家的思念、本大爺珍貴的生活寫眞圖啊！」

「噗哧！」聽到這個妮可口中猥瑣物的眞面目，我立即忍不住笑了出來，而且愈笑愈大聲。

可是笑聲維持不了多久便突然斷掉，因爲我又再度看到那一閃而過的白影了！

一行人火速往那白影離開的方向追去，道路盡頭竟是間沒有退路的密室，狹小又昏暗的空間內哪裡有大家所追逐的蒼白人影？

「嗚……我不行了！大家不要追了啦！那絕對是幽靈，看到會衰三世的！」我硬是拉扯著多提亞想要退出這間不祥的密室。

「放心吧！小維。依照妳的說法，妳早就註定要衰三世啦！哪還用擔心害怕什麼？」利馬以令人冒火三丈的話語安慰我。

好過分！利馬你這個烏鴉嘴！

「各位，請聽我說。」沉穩而溫文的嗓音吸引了我們所有人的注意，只見由剛才起便一言不發、看起來好像在苦惱著什麼事的卡萊爾平靜地看著我們，那雙溫潤的眸子裡滿是令人移不開視線的堅定與覺悟。

看到這種眼神，大家都明瞭他有重要的話要說，就連喜愛吵鬧的雙胞胎也安靜下來，氣氛一時變得有點凝重。

「我有件事情必須要向大家坦白。」在這種沉靜的氣氛下，卡萊爾直視著我們所有人緩緩說道。我的內心頓時閃現出一個異想天開的想法，可是不可能吧？卡萊爾他該不會想要……

下一秒他便證實了我的猜測，只見青年吸了口氣，隨即神情堅定地坦白道：

「很抱歉一直隱瞞著大家，我正是各位這次任務的目標，王室所謂的『叛亂組織』的首領。」

毫不在意自己的話引來一陣騷動，卡萊爾續道：「被稱為亂黨的我們無意發動戰爭，也並不想取代現在的政權。之所以會有這種看似叛國的行動，是因為王室內部正醞釀著不為人知的陰謀。」

說罷，他便將兩名公主以禁咒控制國王的事情道出。雖然他只知道事情的大概，對於細節並不清楚，可是這也足以讓人震驚了。尤其我與利馬、多提亞這三個來自皇宮的人，最清楚王族的情報有多隱密，絕不是任何人都能輕易獲得的。更何況是控制國君、繼而妄想篡位這種大事。

這令我不禁以評估的視線看向卡萊爾，這個和善而略帶孩子氣的青年到底是什麼人？

雖然我早就知曉他是叛亂組織的首領，可是卻對他的眞實身分一無所知。這個人是如何聚集那麼多同伴的？他又是怎麼知悉事情的機密？愈想便愈是覺得眼前這人眞的很神祕。

還好所有人都以驚異的視線打量著他，因此我這種審視的眼神倒也不會太顯眼。最終當卡萊爾把一切和盤托出以後，他眞摯地向大家說道：「我的同伴已經查明了此次任務的內幕，遺跡裡根本就沒有我們的人，反而於地底下隱藏了一個大型的魔法陣。」

把視線轉向團隊中的三名魔法師，卡萊爾輕聲地道：「你們不是曾經說過，在這座神殿的遺跡中感覺到很不尋常的魔力嗎？那就是由於這個魔法陣的緣故。」

夏爾難得掛起嚴肅的神色道：「是發動禁咒的條件嗎？」

我頓時想起妮娜曾經說過，若要強行把靈魂依附於活人身上，而肉體的持有者有所反抗的話，那麼發動咒術的人便需要定期獻上活人作祭品。

這次的祭品，便是前來討伐的傭兵嗎？說不定還有與我這個死對頭親近的皇家騎士們！

聽了卡萊爾的一席話，眾人的神情各異。我們三人臉上不動聲色，三名魔法師都露出忿怒的神情，而一臉搞不清楚狀況的志羅在科林的解釋下，更是氣得破口大罵，對這種以活人作祭品的行爲痛恨至極。伊里亞德反倒是表現得很平靜，即使卡萊爾向大家表明身分時也僅只是挑了挑眉，簡直就像是早就預料到這種狀況似地。

「那麼，你想要怎麼辦？推翻兩名殿下的獨裁以後自己稱帝嗎？」伊里亞德毫不避諱地直接詢問。

「不，我只是想要拯救陛下而已。」搖了搖頭，青年看到所有人一臉不信，連忙解釋道：「眞的，不要說我並沒有這個心，若我眞的做出任何傷害王族的舉動，不用別人對付我，父親首先便會衝出來宰掉我這個不孝子。」

「因爲二、三殿下下台以後，國家唯一的繼承人便只剩下四公主了，而我們一族欠四公主一個好大的人情。」

我震驚地抬頭看著他，卻怎樣也想不起這號人物的存在。更何況在我逃離皇宮時並未換上男裝，雖然說那時候四周很昏暗，可是若卡萊爾眞的認識我的話，也不可能認不出我啊！

對於他的話，伊里亞德卻銳利地反駁道：「既然如此，你爲什麼會隱忍對方把你們這群義軍說成叛亂組織？你們大可把事情鬧大，然後打著四公主的名號光明正大地阻止他們吧？」

「因爲我們並不想引發無謂的戰爭，若能私底下解決是最好不過。何況以四殿下一直以來的低調言行來看，代表著她對王位並不感興趣吧？就如同我所說的，我們的恩人是四殿下，陛下對我們來說只是恩人的親人，是尊敬的對象而不是效忠的對象，因此我們會以四殿下的願望爲優先。」想不到素未謀面的卡萊爾竟能如此準確地捕捉到我的心意，就連我這個當事人也是一番掙扎後才作出這個決定的，這令我不禁對他肅然起敬。

能與國家爲敵的人，果眞是不簡單。

深深地看了卡萊爾一眼，伊里亞德那凌厲的眼神總算柔和起來道：「姑且把你的話當作是眞的，那麼你這個臥底爲何如此坦白？該不會只是爲了獲得我們的認同那麼簡單吧？」

並沒有否認團長的猜疑，卡萊爾勾起嘴角，那是一個我們很熟悉、略帶孩子氣的笑容：「我的同伴一直想要破壞古蹟內部的魔法陣，可是位於外部駐守神殿的騎士卻出乎意料地強大，他們根本就無法接近遺跡半分。難得騎士們今天出現漏洞讓我們混了進來，而且我們這隊團隊之中更有三名魔法師，因此我認爲這是一個破壞魔法陣的最佳機會。」

說罷，卡萊爾向我們所有人深深地低下頭，誠懇地請求道：「我並不擅長魔法，因此想要借助大家的力量。各位，拜託了！」

我以詢問的視線看向利馬、多提亞以及夏爾，他們不約而同地回以我一個微笑並且點點頭。

認識了那麼久，就像他們不需要言語便能明白我的意思，我也瞬間明白了他們的答案。

於是我走上前拍了拍依舊低著頭的卡萊爾。「先不說嚴肅的國家大事，既然明知有人想將活人當成祭品，我們又怎能置之不理、眼睜睜地看著這種事情發生呢？當然是要拚盡全力阻止這慘劇！」

「雖然我的意見並不能代表所有在場的人，可是我們四個人都會幫你的。」

把頭抬起，卡萊爾似乎很訝異我們會這麼輕易就答應，畢竟幫了這個忙便與叛亂組織無異了。然而他卻不知道，被人稱爲「叛黨」的嚴重性可遠遠及不上我這個「企圖刺殺國王」的四公主呢！

看到我們承諾會幫忙，伊里亞德只是挑了挑眉卻並沒有阻止，道：「我們『創神』一向給予團員最大的自由，因此我也不會阻止你們。只是醜話說在前頭，既然你們決定要蹚這渾水便要承擔一切後果，萬一發生什麼問題，可別妄想能利用『創神』的名義來脫罪。」

「這是當然的。」我趕緊作出明瞭的回答。

雖然伊里亞德的發言看似冷漠，可是大家都明白身爲領導者的他必須保障團隊中傭兵的安危，他不阻止我們已經是最大的退讓了。

獲得確定的答覆，伊里亞德便轉向卡萊爾道：「至於我，很抱歉恕不奉陪了。反正你也只是想要魔法師而已吧？因此我這個可憐的武者本就是可有可無的啦！既然沒有我的事，那麼人家便去找漂亮的大姊姊了。」說罷男子便很瀟脫地轉身離開，只留下一句話：「至於科林你們便自行決定吧！志羅老爸，可別阻撓雙胞胎的行動喔！」

然後我便很愕然地發現，明明視線就沒有離開伊里亞德身上，可是步出房間的他卻忽然就在眼下消失無蹤！

伊里亞德，你不當刺客眞的……唉！算了。

至於雙胞胎，本就是唯恐天下不亂的性格，因此答覆便可想而知。「好像很有趣，我們留下來！」

以「果然如此」的無奈眼神看向兄弟兩人，志羅最終嘆了口氣道：「我也要留下來，順道照顧這兩個小鬼頭。而且……我也不能忍受這種以活人爲祭的惡行！」

卡萊爾感激一笑道：「即使被你們全數拒絕我也不覺得意外，想不到竟然留下七人，這還眞是讓我始料未及。」

「那當然，別的傭兵團規矩那麼多我不敢說，但我們可是『創神』啊！」大衛挺起了胸膛，不難看出他對於自己的團隊感到多驕傲。

我若有所思地說：「而且我想，伊里亞德也是想參與的，不然他也不會允許大家幫忙。只是身爲首領的他有自己的考量，我們這些團員被抓還好，若是團長被抓的話便會連累整個『創神』吧？因此他只好為了大部分同伴的利益而選擇離開。」

瞬間所有人都用很驚訝的神情看著我。

「呃……我說了什麼奇怪的話嗎？」

「哈哈！不會，我也是這麼想的。」志羅那巨大的手掌隨著笑聲伸出，毫不客氣地揉亂我那頭柔軟的棕髮。我很可悲地發現，看到利馬與多提亞經常向我做出這種對待小孩子般的舉動後，有樣學樣的人漸漸變得愈來愈多。「只是有點驚訝維斯特你進團不久，想不到還滿了解我們團長的嘛！」

「因為伊里亞德和我的一個朋友很像。」我連忙躲過志羅亂揉的手，並且用手指把亂糟糟的頭髮理順回來。

雖然性別及容貌不同，可是那種沒節操、任性以及令人難以捉摸的性情，還真的是與那個人如出一轍。起初我總是覺得對伊里亞德有種奇異的熟悉感，還想了很久是否曾在哪兒碰過面！

「那還真是糟糕，這種猶如蟑螂似的物種竟然有兩隻嗎？」多提亞溫和地微笑著發表出感想。

「……」話說多提亞，你毫不猶豫地使用「隻」作單位，基本上你已經把伊里亞德與蟑螂劃上等號了吧？

就在眾人無言以對之際，突如其來的狀況讓我冷汗直冒，只懂伸出手指著忽然出現的東西，卻恐懼得說不出完整的話語：「那……那兒……他……」

卡萊爾的坦白太震撼，以致竟讓我遺忘了大家之所以會進入這間密室的原因！

聽不明白我想表達什麼，莫名其妙的眾人都把視線轉向我所指著的方向，然後一起僵住了。

從密室大門看出去，通道上站著一個散發淡淡銀光的白色身影。

看到大家的反應我立即安心了，起碼這個幽靈並不是只有我看得見。而且若眞的被利馬那張烏鴉嘴說中，那麼即使眞的要衰三世也至少有這些人作伴，這讓我的內心獲得了奇異的平衡感。

我拚命地胡思亂想，想要分散那強烈的恐懼，忽然感到手心一暖，原來是身旁的多提亞牽起了我的手。雖然他全神貫注地警戒著眼前的白影、看也沒看我一眼，可是我卻能從這相連的溫暖中感受到他那體貼的關懷。

雙方僵持良久，然後那個白影總算有所動作。緩緩地，他將手摸向通道的石壁。隨之而來便是一聲巨響，牆壁竟應聲打開，並且露出一個巨大的入口。

「是暗道！」利馬目瞪口呆地驚呼。

彷彿想要引導我們進去，那個白色的身影凝望著我們好一會（雖然白濛濛的看不到臉，可是那張看不清五官的臉定定地對著我們……姑且當作是在凝望我們吧……），便轉身往身後的暗道走去。

「要追進去嗎？」雙胞胎一臉躍躍欲試，我敢打賭只要大家說「好」，他們便會第一個往前衝。

若有所思地看著白影離開的方向，卡萊爾忽然取出顆石子，在地板上簡單畫出了我們進入神殿時的路線。想不到在那種漆黑一片的環境，他還能把方向及步測記得這麼清楚，就連心思細密的多提亞見狀也露出了敬佩的神情。

「我約略地計算了一下，並以外部看到的古蹟外型來估量神殿的大小。剛才我們一直往內走，且為追逐那個白影曲折地轉了好幾個彎角，最後到達這間密室。」

青年指了指那代表大家此刻所處位置的交叉點，續道：「雖然起初大家是在黑暗中慢慢摸索前進，但之後卻是爲了追逐幽靈而快步奔跑了一段路程，因而步測或許會與現實有所出入，可是我能肯定最少也已經走了三分二的路。」

眾人都同意地點了點頭，只是都很奇怪他忽然說這些做什麼呢？

很快地，卡萊爾便給了我們答案：「根據我的同伴所帶來的情報，發動禁咒的魔法陣位於遺跡的正中位置。」

看著路線圖上那個代表暗道大門的正方形，不用卡萊爾解釋，我們便明白過來了——那條暗道，正是通往神殿的中心位置！

「這麼說來，確實這暗道給人的感覺很特別。」我感受著空氣中那因暗門打開而變得怪異的突兀感，老實說，若是可以，我眞的不想進去。

「的確，這道暗門打開後，神殿中那若有若無的魔力變得更強了。」大衛抬頭看向此刻可說是團隊首領的卡萊爾，眼神滿是催促的意味。

果然如我所料，青年的「好」字一說出口，早就不耐煩的雙胞胎便立即往暗道衝去。

□

暗道內意外地建造得很寬闊，足以讓三名成年男子並排而走。我們兩兩一組前進，隊伍最前端是堅持打頭陣的雙胞胎。其實志羅本不讓他們走最前面，然而漆黑的環境確實需要魔法師走在前面放出發光球開路，因此大漢最終也只能妥協。

雙胞胎身後是我與多提亞，而志羅及夏爾這一組則排第三列，正好可以讓照明分布得較為平均，讓殿後的卡萊爾以及利馬不致看不到路。

暗道沒有想像中長，很快地，我們便走到盡頭——一個布滿石刻古文字的巨大空間。這兒給人的感覺有點像妮娜的家，同樣滿眼的魔法陣，只是妮娜是把草圖到處貼當壁紙用，而這兒則是直接刻於牆壁及地板上。

還有個最大的不同之處是，妮娜家裡的魔法陣都是沒有施加魔力的，而這兒的石刻卻聚集了一堆如迷霧般黑色元素，顯然正在運作中。

仔細一看，便能看出這兒的石刻與平常看到的法陣不同。大多魔法師所使用的法陣都是以圖騰為基礎再配以精密的構成式，力量愈大的魔法陣便越是複雜。然而這兒的石刻卻鮮少畫有圖騰，看起來簡直就是草率寫下的草稿而已。然而如此雜亂無章的文字卻浮現出強大魔力，那滿室的魔法元素濃密得甚至阻礙了我的視線。

「完全看不懂，這到底是什麼文字？」志羅看著石刻不到三秒便投降了。

身為帝多家族次子、自小飽覽群書的多提亞察看了這些石刻良久，最終也無奈地搖搖頭道：「這甚至不是古文字。雖然我無法看懂，可是看它的排列方式倒有點像是祈禱文。」

我看了一眼這無論怎樣看也只是像塗鴉的石刻……

有這麼雜亂的祈禱文嗎？刻這東西的人到底信奉什麼神明？

「看不懂就沒戲唱了嘛！」科林煩躁地抓了抓一頭短髮，而他的兄弟則洩忿似地重重踩了踩那一地的石刻。

利馬二話不說拔出了劍：「不是說破壞就可以了嗎？那麼把這些字砍個稀爛不就好了？」

聞言夏爾慌張地想要衝前阻止，然後便摔倒了——順帶拉下利馬來陪葬。

很久沒有看到少年這種行動模式，還眞是令人懷念耶。

「不可以！」少年並沒有立即站起，而是死命按住利馬依舊握劍的手道：「這種單純以文字來構成的魔法，單是改變其中一個文字便會有連動的巨大影響。因此我們所謂的『破壞』並不是指物理上，而是加插或刪減一些文字來讓魔法無效化。若胡亂在這些文字上加上新的刻印，以這個魔法陣的巨大魔力來看，無法預計會出現什麼後果。有可能是魔力瞬間壓縮爆炸，也有可能會危害被附身的陛下的性命……」

「我明白了，總之就是不能斬便是了。那麼你可以從我身上下來了嗎？」利馬咬牙切齒地看著老實不客氣坐在他肚子上說教的少年。

「啊！對、對不起！」少年長篇大論的說教立即停止，滿臉通紅地站起身。

聽到夏爾的解說，我再次痛恨自己的無力。明明拯救父王的機會就在眼前，可是不懂魔法的我卻只能乾著急，把一切希望都依託在別人身上，老實說我眞的很不喜歡這種無力感。

我從來沒有像現在一樣，如此渴望擁有力量。

「可以的，我的契約者啊！您本就有這個資格。」許久沒有展現過的柔美嗓音於腦海中迴響，這是消失良久的月之女神的聲音。

我愣了愣，皺起了眉道：「我不懂。」

隨著我的話語，手腕上那精美的銀手鐲藍光一閃，正中位置的晶石在我沒有動念的狀況下幻化成小巧靈動的銀色海燕。只見銀燕拍動那雙輕巧的羽翼，圍繞在我身邊飛翔了起來。

女神的聲音滿載溫暖的笑意道：「妳不是有一雙銳利的眼睛嗎？」

銀燕的滑行帶動了四周那濃密的魔法元素，如霧氣似的黑色元素被打散後，我豁然開朗地看到了有別於四周黑色的暗紅。

想也沒有多想，我立即指向暗紅元素的位置，並且通知身旁的魔法師道：「那兒有點奇怪。」

最接近指示位置的雙胞胎疑惑地看了看腳下的石刻道：「沒什麼特別啊！不就也是那些看不懂的文字……咦！」忽然二人漫不經心的神情一轉，很嚴肅地蹲下察看良久後，向夏爾招了招手道：「似乎有隱藏法陣，可是我們無法讓它顯現。」

夏爾連忙湊了過去，隨著查探的動作，少年的臉色益發凝重。「維，妳看得到魔法元素對吧？能看到這兒的元素是什麼顏色嗎？」

想不到夏爾會突然詢問我，我反射性地呆呆回答道：「四周的是黑色的，而這個位置的卻是暗紅。」

雙胞胎的神情依舊是大惑不解，然而夏爾顯然已經發現了什麼，凝重的神情變得更是肅穆。就在我想要詢問之際，少年忽然拉過了身後的兩名魔法師同伴竊竊私語起來。

他們特意壓低聲量以致大家都聽不到他們的討論內容，只見雙胞胎先是一臉恍然大悟，隨即卻皺起了臉搖了搖頭，似乎想否決掉夏爾的提案，隨即三人便小聲、但激烈地爭論起來。

看到向來隨和的夏爾也有如此堅持己見的時候，真的讓我好奇死了！差點便忍不住想要驅使銀燕過去偷聽。

最終三人總算達成共識，看雙胞胎那不情願的樣子，似乎是夏爾獲得最終勝利了吧？

ch.11 隱藏法陣

把我們趕到房間的角落，科林與大衛以隱藏法陣為中心，於四周設下六顆美麗的柱狀水晶後便退回我們之中；而夏爾則留在原地蹲下，雙手按在地上唸唸有詞，似乎正詠唱著我們所不懂的咒文。

隨著少年的動作，一股金色的魔法元素逐漸聚集於他的四周，在這滿是黑色元素的空間中尤其突出。

「沒關係嗎？在這環境下召喚不同類型的元素？」我擔憂地看著夏爾那變得蒼白的臉，仍記得他們曾經提過決定魔法強弱的其中一個重點，正是地區性的元素類型。雖然我不懂魔法，可是四周的黑色元素與夏爾召喚出來的金色元素不論怎樣看也絕對是相剋的類型吧。

在這種環境下施展魔法不要緊嗎？

隨著夏爾的動作，一陣柔和的光芒自少年胸口散發出來，那是夏爾寸步不離身的晶石項鍊。魔法師都會挑選一顆高純度的水晶與神明結下契約，這顆水晶可說是魔法師的力量來源。雖然長久下來過度使用的話，還是會如普通的晶石般損壞，但只要使用得有技巧也足夠耐用的了。

締結契約以後的水晶，魔法師稱之爲法石，並將之置於法杖的頂端使用。可是由於夏爾那沒事也能平白弄得自己大傷小傷不斷的命，每次手握法杖時總是會發生意外，不是手握得不夠穩而被脫手的法杖插傷腳背，就是走路時被自家法杖絆倒。

爲免徒弟丟臉地在殺敵前先死於自己法杖所引發的意外，妮娜花了兩年的時間研究出把法石置於頸鍊的方法，再加上夏爾天生優越的魔法天賦，長久練習下來效果竟不遜於放置在法杖。

雖然曾從妮娜的抱怨中知道有這回事，但我還是第一次看到夏爾使用法石。這也證明此刻的形勢眞的很嚴峻，嚴峻到少年無法使用別在頸鍊上的普通水晶解決。

獲得法石的幫助，那陣細微的金光頓時變得燦爛起來，瞬間逼退了滿屋的黑色元素。同時本沒什麼動靜、潛伏於地底的暗紅元素，則像被激怒的猛獸般忽然爆發起來，圍繞在他周身的紅色魔霧隱約發出淒厲而囂狂的號叫，並組成一道又一道凌厲的風刃不斷割向它所接觸到的一切，目標直指虛弱的夏爾。

雙手按在地上的少年無法閃避，無數猙獰的傷口便在攻擊下逐漸形成。那些滴在地板上的血液竟慢慢地被吸收進岩石之中，形成一個詭異又血腥的情景。

吸收了鮮血後的風刃變得益發強大，此時雙胞胎的結界起了作用，不單把危險與我們隔絕開來，也連帶阻止了想要衝進去幫忙的眾人。

「快點解開這個結界！」我氣急敗壞地回頭，焦慮地往雙胞胎低吼。

雙胞胎臉色蒼白，似乎維持這個結界也花了他們絕大的氣力。然而對於我的要求，他們卻很堅定地搖搖頭道：「不可以，這是『必然』要發生的事。」

「什麼意思？」卡萊爾瞇起了雙眼，若雙胞胎無法提出合理的解釋，相信他便會立即打暈二人然後衝進去救人吧？

「這個隱藏法陣是以鮮血來形成的，因此若要讓它顯現出來，便必須要讓它吸取比創造時多一倍的血液。只要達到足夠的量，這些風刃便會平息下來。」科林連忙解釋。

大衛也接著補充道：「而且所吸取的必須是帶有魔力的鮮血，也只能由一人提供。若現在打斷夏爾的魔法，那麼他所做的努力便會全部白費。」

「剛才你們在爭論的就是這件事？」多提亞皺起眉，以不贊同的語氣詢問。

「是的，我們都認爲這個方法太危險了，可是他卻說自己曾答應過要幫忙，態度異常堅決。」

我焦慮地看著夏爾逐漸不支的樣子，顫抖著問：「到底還要吸多少血才行？」

「我們也不知道，這取決於法陣的創造者當初獻出了多少血。」大衛輕輕地嘆了口氣道：「只是……我也不瞞你們，萬一禁咒被打破，發動者將會迎來猶如墜入地獄般的痛苦。因此，我若是創造者的話，為了不讓他人破壞禁咒，必定會獻出大量鮮血。」

而夏爾則是要讓它吸取兩倍的血液……我幾乎要哭出來了。

如此惡毒的手法加上強大的魔力，我毫不懷疑這個法陣的創造者正是我有血緣關係的親姊姊——菲利克斯帝國的三公主！

我心疼地看著夏爾那因失血過多而變得過分蒼白的臉龐，少年身上逐漸布滿大小傷口，幾乎沒有一寸完整的皮膚，然而他卻是哼也不哼一聲痛。自小這孩子總是容易受傷又愛哭，面對可以承受的痛楚常常大喊大叫又哭又鬧，明明只有一分的難受卻被他誇張成十分。但是若真的覺得痛到難以忍受，反而變得安安靜靜。

因此雖然他此刻不說，我也清楚地曉得他到底正受著多大的痛苦。

腦海中忽然浮現出那張憨憨的笑容，還有他曾向我說過的話……

「當然可以啊！只要師父不反對的話，我一定會幫妳的。」

我一定會幫妳的。

想不到他眞的說到做到，並且願意做到這種地步！

我堅定地抬起頭，現在並不是哭泣的時候，夏爾爲了幫助大家而在努力，我們又怎能只是呆站在這兒呢？我狠下心把擔憂的視線從夏爾身上移開，現在把注意力專注在他身上並沒有任何幫助，我想要做我們所能做到的事情。「卡萊爾，請分派任務吧！」

青年愣了愣，深深地注視我一眼後，便轉向眾人嚴肅地下令：「科林、大衛，你們密切注意夏爾的狀況，若發現任何異狀，不要猶疑，立即解開結界，我們以夏爾的性命爲最優先。」

看到兩名魔法師點頭稱是後，卡萊爾續道：「由於無法預計那個隱藏法陣顯現以後會造成什麼影響，身爲劍士的五人中，我會與多提亞保護雙胞胎，而其他三人則分布在旁伺機行事。」

就在卡萊爾的話告一段落後，多提亞卻對此決定有所異議：「我與利馬一直以來搭檔慣了，兩人合作起來的力量大得多。因此我提議就改讓維與你一起過去吧！」

我立即盯住卡萊爾，雙眼迸發出期待的光芒，並且感激地往多提亞笑了笑。

當然多提亞所說的並不假，可是我相信他之所以會有這個提議，主要的原因還是顧及了我想要第一時間趕至夏爾身邊的心情，因爲他就是一個如此體貼的人。

就在我們達成共識之際，雙胞胎的吶喊聲隨之響起：「就是現在！」然後幾聲清脆的響聲，用作結界基石的幾顆水晶同時破碎。

各自保護著一名魔法師，我與卡萊爾沒有浪費分毫時間，立即往夏爾所在的位置衝去！

「夏爾！」扶住少年搖搖欲墜的身體，我焦急地呼喚著他的名字。

硬是強撐起身體，夏爾像是想告訴我們什麼似地動了動嘴唇，然而重傷的他卻只能發出細微的聲音。

對於不懂魔法的我來說，夏爾的傷勢我沒辦法幫得上忙，因此與其在幫不上忙的地方上乾著急，在眾人都把注意力專注於少年的傷勢上時，我卻把注意力都放在猜測他想要告訴我們的事情。只因我相信，夏爾在這種傷勢下依然想要傳達出來的，必定是很重要的話。

對上夏爾的眼睛，只見少年就像溺水者抓住了唯一的浮木，死命地瞪向我，眼瞳中浮現出警告以及焦慮之色……

「卡萊爾，快退！」來不及細想，我反射性地抱住夏爾便往旁滾去，眼角餘光看到卡萊爾同時間一手拉住大衛，並把位置稍遠的科林往外推。

隨著一聲巨響，形成神殿地板的堅固岩石竟就這麼潰散開來，一個巨大的洞穴出現在我們剛才所立足的位置上。

心有餘悸地探頭看向那深不見底的黑洞，想到我們差點便掉進這無底深淵，我不禁對夏爾的無聲示警滿懷感激。然而安下心來不到兩秒，我的精神便立即再度繃緊起來。

黑洞中浮現出了暗紅光芒，滿室的血腥味逐漸滲入微弱的屍臭，陣陣令人毛骨悚然的哀鳴聲由四方八面傳來。隨即便看見那股暗紅的不祥光芒交織成一個複雜的魔法陣。

「魔法陣與那些石刻不同類型，這個我們可以解開！」看到總算成功把隱藏法陣拉扯出來，雙胞胎發出喜悅的歡呼。大衛留下來治療夏爾的傷勢，而科林則迫不及待地上前研究起這個紅色的法陣。

「眞厲害，就連這個魔法陣也不簡單呢！看來是強行將靈魂轉移的魔法，我想這才是禁咒的本體吧？從這個魔法陣的功效推論，散布在各處的石刻，是爲了把某人的靈魂禁錮在這座神殿而刻下的；至於這個新加上來的魔法陣則是建築起一條通道，好讓困於神殿中的靈魂能轉移至陛下身上……」

少年的話仍未說完，一陣冰涼的冷風颳起，原本站在夏爾及大衛身旁警戒著的卡萊爾忽然衝前，把立於洞穴邊緣的科林往後拉，並且拔劍一揮。只聽見一聲淒厲的悲鳴，如影子般的半透明人形便被劍所揮散，隨即卻又像迷霧般再度融合，變回人類的型態。

「那是死靈！是被作爲祭品而亡、困於魔法陣中的靈體，受到法陣的控制會攻擊所有接近的人，被他們碰到的話會瞬間被吸走生氣的！」大衛驚惶失措的警告讓我內心一沉。此刻形成人形的死靈愈來愈多，即使被斬中也很快會回復，要避開他們談何容易？

雙胞胎嘗試放出魔法攻擊，然而物理性以外的攻擊卻總是穿過他們的身體，效果並不理想。還好這些死靈速度很慢，而且是不會飄的阿飄，要是他們懂得飛來飛去，以這種數量來推斷，我們瞬間便會全軍覆沒。

面對這些斬不死、卻能打散的死靈，志羅的大刀以及那身蠻力便派上用場了。巨漢每揮一下便是十多個死靈化回煙霧，看他們久久都無法恢復過來，似乎離魂飛魄散也只有一線之隔。

靈體對魔力有著特別的反應，開始以緩慢的速度往三名魔法師的方向聚集過去，遠處的同伴見狀只好全數趕來幫忙。被死靈糾纏得手忙腳亂的我們，一時間還真的沒有辦法再去顧及那個暗紅的魔法陣。

「小維妳不害怕了嗎？妳最怕鬼怪這些東西的，對吧？」看到我使出三連砍把好幾個惡靈甩得拋了開去，利馬挑了挑眉詢問。

「鬼魂這種東西就是要保持神祕感、若隱若現才恐怖的嘛！」我理所當然地回答，並順手把身旁的死靈擊成黑霧，相信它有好一段時間再也無法變回人形。「這些死靈都出來拋頭露面了，看得這麼清楚還有什麼好怕的。」反手再斬掉一個死靈，我道：「真要說的話，先前那個白色的恐怖多了。」

說到這兒，我所有的攻擊動作忽然頓住，若不是多提亞即使在戰鬥中也一直注視著我的狀況，並且距離夠近替我擋掉衝過來的惡靈，此刻我大概已經躺下來休息了。

我慌忙重整架勢斬掉身旁的惡靈，看到勢頭不對而衝過來幫忙的利馬開口便罵道：「小維妳搞什麼呀？戰鬥中竟然給我發呆！」

委屈地抿起了嘴，我連忙申辯：「我又不是故意的！你也知道我怕鬼嘛！」此刻也顧不得丟臉，我理直氣壯地大聲把自己的弱點公告天下。

「但妳剛剛不是說不怕的嗎？」利馬挑了挑眉，滿臉不信。

沒有回答他的質疑，我只是伸出手指了指他的背後。

「怎麼了？這個時候還在玩……嚇！」這回僵住的人變成了偉大的騎士長利馬，於是苦命的多提亞只好衝過去再當一次保母。

那個總是神出鬼沒、到處現身的白色身影，不知在什麼時候竟混進我們之中，此刻就站在利馬的背後！

依舊散發著淡淡白光的他第一次距離我們這麼近，而且這次被我發現行蹤以後也沒有詭異地突然消失，讓我本來到達極點的恐懼感平復了點，並且開始好奇地打量起對方來。

那是一個比夏爾還要稍微小一點的少年，銀色的髮絲以及不屬於人類的尖長耳朵說明了他的種族。少年長得很美，他的美貌甚至可與伊里亞德一爭長短，只是團長的容顏是張狂的艷麗，而少年卻是清麗脫俗、猶如仙子般清靈的美。一雙淡藍的杏眼如湖水一樣清澈，只可惜他臉上淡然而面無表情，以致讓他的美麗大打折扣。

那比女孩子更白皙的肌膚散發出淡淡的珍珠光芒，而我相信這些光亮正是他看起來如此飄渺的原因。因為隨著這種光線的淡弱，少年的身影便逐漸實體化，看起來已經不會讓人聯想到幽靈了。

在我打量著他的同時，這孩子也用那雙美麗卻淡然得近乎無神的雙眼回望著我。然後令人驚訝的是，銀髮少年無視四周殺氣騰騰的惡靈，竟忽然彎身向我行了一禮。

並不是人類的禮節，這是我只於書本上看過、精靈族的行禮動作！面對少年的舉動，我完全不知道應該做出什麼反應，良久才回過神來，一手指著對方道：「原來是精靈族的幽靈！」

少年抬起頭淡淡地說道：「我不是幽靈。」

「不是幽靈？那你幹嘛扮鬼嚇我們!?」回想先前被這少年嚇得要死的丟臉樣子，我惱羞成怒地指責。

瞪大那雙淡藍眸子，少年毫不猶疑地快速回答道：「我沒有嚇你們，是你把我誤以爲是鬼魂在自己嚇自己而已。」

「我說你有必要把話說得這麼直接嗎？乖乖地道歉好給人一個下台階嘛！」我任性地要求。

再次用那雙平淡無情緒的美麗眼瞳看著我，精靈少年歪了歪頭道：「重來？」

我肯定地回答道：「重來！」

似乎對我的要求感到很困惑，少年思索了一會兒後，從善如流地說道：「抱歉都是我不好，我不知道你這麼怕鬼，讓大家誤會你膽小誤事，確實是我錯了。」

哇啊！雖然語氣很誠懇地道了歉，可是這席話的內容更狠！他難道是故意的!?但看他一臉認眞的樣子，顯然並不知道這番道歉有多讓人火大。

難怪精靈族總被人說是孤僻的種族！

我無力地擺擺手。「算了！你到底爲什麼一直跟著我們呢？你是……呃……」

「克里斯。」少年淡淡地說：「我的名字以人類的語言來說太長了點，你們喚我爲克里斯便可以了。」

我頷首表示了解：「我是……」

「我知道您是誰。」孩子輕聲道：「我認得您的臉，就跟那個人一模一樣。可是您卻與我所知道的不盡相同，因此我這才尾隨你們想要證實一下。」

認得我的臉……與某人的長相一模一樣，而我卻與他所知道的不盡相同……他所說的會是我現在的性別嗎？

我霍地抬頭盯著眼前的精靈。

這個人認識我母親！

「我說你們想要閒聊也看看場合吧！現在不是站在一旁休息說話的時候！」終於忍無可忍的志羅向我們這邊怒吼道：「要弄清楚這小子是人是鬼晚點也不遲，我們先去破壞那個見鬼的魔法陣……」

「沒這個必要。」少年美麗的微笑猶如曇花一現般短暫，在我還未看清時便已斂起。只見克里斯打斷了巨漢的話，並且說出意料以外的答案：「我有辦法。」說罷少年竟把視線轉向我身上，說：「這種程度的法陣，我相信您輕而易舉便能破解。」

「等等！你說的人是我嗎？你是說要我這對魔法一竅不通的門外漢去幹嘛？」受到過大驚嚇，我也不理會對方聽不聽得明白，便連珠炮似地發問：「而且剛才我便想問，你對我的態度這麼恭敬做什麼？何況你指的輕而易舉，是說我會輕而易舉被幹掉的意思嗎？」

與我激動的反應相較，少年則顯得很冷靜。「魔法這方面請不用擔憂，您不是不懂，只是想不起來罷了。」

「什麼意思？」

「就像是魚懂得在水裡游、鳥兒會在天空飛翔一樣，這是本能，您只是想不起來而已。」說罷，少年向我伸出了手道：「只要願意，您也能展開羽翼飛翔的。天空這麼廣闊，爲什麼您要把翅膀收起來呢？」

看著克里斯伸出的手，一瞬間我想起了很多很多。

想起母親臨終的遺言，想起以羨慕的眼光看著別人使用魔法的自己，也想起在夏爾受到傷害而我卻束手無策時、那猶如誓言般的決心。

我想要力量，保護自己、保護同伴的力量！

「來吧！您擁有這個資格。」陌生的少年，說出了與女神相同的話語。

不再猶疑，我握住了那向我伸出的手。

這次我總算能清楚看到了，克里斯嘴角那勾起的美麗弧度，以及藍眸中滿滿溫暖的笑意。

「小維！」利馬不贊同地皺起眉，上前想要阻止我這輕率的決定，然而多提亞卻擋住了搭檔想要衝過來的身影，回首溫柔地向我笑道：「請慢走。」

我看著多提亞心想，啊啊！這個人總是這樣。

總是縱容著我的任性、全心全意地相信我，並且體貼得讓人不敢相信。就如同小時候對付王姊們的爪牙時，他明白我其實不喜歡殺人，所以多提亞總會把策劃的工作交給我，情況許可的話從來都不讓我親自動手。他就像是我手中的劍，代替我殺盡該死之人。

自小我便知道自己並不會甘於困在狹小的宮城，就如同克里斯所說，我是展翼的飛鳥，只有那寬廣、自由的藍天才能足以包容。

對我來說，多提亞就是這片藍天。

轉身，我回以自信的笑容道：「嗯！這兒便交給你們了，我去去便回。」隨即任由克里斯抱住我，一起往深不見底的黑洞裡跳下去。

急促的俯衝下，烈風颳得我的面頰生痛，強大的離心力令我不由自主地閉上了雙眼。

「殿下，請張開眼睛！我看不見，需要您的指示。」

克里斯的聲音很急切，聞言我連忙睜開雙眼，立即便被觸目的景色嚇了一跳，也瞬間明白到，為什麼破解這個禁咒會需要用到我這個與魔法無關的人了。沒時間理會克里斯對我那聲「殿下」的含意，我立即提出警告：「右轉！」

包裹著克里斯的銀白光芒一閃，我們險險閃過由暗紅元素所形成的風刃，然而隨即又有好幾道風刃射過來，但都在我的指示下成功避開。

這些連綿不絕、肉眼無法看見的元素利刃，的確讓所有人傷透腦筋，可惜它卻遇上了我這個看得見魔法元素的天敵，只能說這個法陣的創造者還真是不走運。

精靈族不愧被喻為魔力最強的種族，克里斯飛行的速度既快且穩，在能夠準確迴避的狀況下，速度比不上我們的風刃實在不夠看，很快地，我們便輕易地來到了洞穴的底部。

走在前頭的克里斯似乎對這個魔法陣很了解，一著地便毫不猶疑地邁開了腳步。東張西望的我慌忙跟上，想不到古蹟的地底竟還有這麼一個地方——黑暗、深沉，卻讓我有種懷念的熟悉感，就像是離家多年的孩子終於找到了回家的道路。

隨即我便看見了，一個散發著暗紅光芒的魔法陣在黑暗中靜靜地運行著。

「為什麼會在這兒？那麼在上面的那個……」

「是幌子。」絲毫沒有緊張感地回答了我的提問後，克里斯側開身體讓出了一個位置道：「我只能前進至這裡，接下來請您把位於法陣正中位置的東西取出，禁咒就會自動破解了。」

我無法置信地瞪向那看起來超級不祥的魔法陣。

聽他說得如此輕鬆簡單，真的這樣就可以了嗎？

然而我此刻不得不做。深深地吸了口氣，我便往魔法陣的位置走去。也許因爲感受到了危險，暗紅的元素瞬間聚集起來，形成一把泛著血色的巨斧往我身上砍來，身爲劍士的我立即敏銳地把手按在劍鞘上。

「不要拔劍！請相信我，您所擁有的力量不只有劍而已。」克里斯的叫喊讓我俐落的拔劍動作停頓了下來。「就如同猛獸一出生便擁有利爪般，此刻能幫助您的並不是劍術！」

眼看巨斧下一秒便要把我砍成肉醬了，我握住劍鞘手足無措，完全不知道該怎麼辦。

「呵，需要我的幫忙嗎？」總是不合時宜地語帶嘲笑、卻又總是在危急關頭替我解除危機的柔和嗓音，很適時地於腦海中響起。

女神大人救命啊啊啊啊！

隨即腦海中閃過一種從未聽過的語言，然而很奇妙地，我卻了解其中的意思。不及細想，處於生死關頭的我便脫口吐出了契約文。

「我——西維亞．菲利克斯，獻上契約文，孕育於天空的銀之魔獸。」

隨著這段話語，與克里斯身上相同的銀光從我的身上浮現出來。感到全身的力量以驚人的速度流逝，在我失去意識前的瞬間，只恍惚看到小海燕閃耀著我從沒見過的耀眼銀光，往血色的巨斧衝去，然後便是一陣震耳欲聾的爆破聲。

只見魔法陣中飄浮出一個金色的小東西，意識模糊的我本能地伸出了手，隨之而來的便是無法抗拒的疲憊與黑暗。

尾聲・旅程，才剛剛開始

醒過來時，一切都已經結束了。

睜開雙眼我便看到了意想不到的人，呆呆地揉了揉眼睛，一時還搞不懂狀況。

「呵！還沒睡醒嗎？那就由我這個王子爲親愛的小貓咪獻上魔法之吻吧！」戲謔的笑聲響起，隨即一張絕美的臉龐靠了過來，並且愈來愈近……

「我醒了、我醒了！你別過來！」我拚命把死賴在床上的伊里亞德推開，這才發現身體仍舊虛弱得很，雙手根本完全使不上力。

難道我的貞操今天便要毀在這隻色狼手上？

既然自己無力反抗，我立即當機立斷道：「多提亞！救我！」

下一秒，門便被人猛地打開，衝進來的人卻並不是我的求救對象多提亞，而是聞聲慌忙衝進來的利馬。

誰都無所謂了，快點救我吧！

利馬一眼便看到我與伊里亞德糾纏在床上的曖昧場面，也許是受到太大衝擊，即使是身經百戰的騎士長也瞬間僵住，回過神來以後便發出天崩地裂般的悲鳴道：「天啊！我只是離開一下，小維便被這頭發情的公狼ＸＸＸ了！完了、完了！小維會哭死，然後氣瘋的多提亞會露出最和藹的笑容、配以最凶殘的手段把我這個派不上用場的護衛撕成碎片的！」

……利馬，雖然不知道你所說的XXX是什麼，但基本上本公主此刻仍舊力保疆土不失，只是也離XXX這個悲慘的境況不遠了。你再不來救我的話，在多提亞撕碎你前，信不信我先親手把你這個失職的護衛宰掉！

還好方寸大亂的利馬雖然派不上用場，可是我那哇哇大叫的聲浪很快便把其他人引了過來，伊里亞德只好放棄他的睡公主計畫，卻不忘在退開時偷偷親了一下我的頭髮。

我這才發現那頭早就過了時效、本應回復成淡金的月色頭髮竟仍舊保持著僞裝的深棕色調。想起夏爾受了重傷、多提亞與利馬又是完全的魔法白痴，我向伊里亞德投以一個試探的眼神。

只見團長向我伸出了手，繞了繞那束剛才被他親吻過的深棕髮絲道：「沒關係，反正已經取得報酬了，我會替小貓咪保密的。」

眞的是他！

彷彿什麼祕密也瞞不過這個男人，他實在太神祕了。只是，伊里亞德想要害我們的話也不會待到現在還沒出手，何況以對方的實力，我們也反抗不了吧？即使想要向他弄個明白也只會被他耍著玩，因此對團長大人的疑惑我也就放到一旁。「夏爾的傷沒問題吧？」

大衛笑嘻嘻地道：「安啦！那小子正睡得像隻豬似地呢！他早就被我們用魔法止血了，雖然離完全復元還需要一點時間，可是現在只要不做激烈的運動便不會有什麼問題。」

安心地吁了口氣，我環視四周。

所有人都在，沒有任何人身亡。

眞的太好了。

吵鬧了一會兒便感到有點累，體力透支得似乎比我想像中更嚴重。臉露疲態地倚在床頭，我皺起了眉強忍著陣陣的暈眩感道：「我暈倒以後發生了什麼事？」

「當時聽到洞穴底傳來強大的響聲，然後那些與我們戰鬥的惡靈便全數消失。我們還沒來得及歡呼，那個白色的精靈就把失去意識的你帶了上來。當時維斯特你暈倒了還是眞可惜呢！看不到利馬與多提亞的表情有多恐怖，若不是我先一步告訴他們你只是暈倒而已，誰知道這兩人會幹出什麼事情！」笑著報告的科林滿臉幸災樂禍地看向一臉尷尬的兩名騎士長，看來我眞的讓大家擔心了。

大衛在雙胞胎兄弟說完的瞬間把話接下：「還有、還有！那個我們先前誤以爲是幽靈的白衣精靈，把你交給我們以後便不見了。」

已經離開了嗎？我還有很多事情想要問他呢……

不過我有預感，我們很快便會再見面的。

而我的預感一向非常準確。

「後來外面的騎士都被聲響吸引過來，那些傢伙眞強！不過最終還是被我們逃掉了！」志羅挺起胸腔，一副得意洋洋的樣子。

我連忙看向多提亞，對方回我一個安心的微笑，似乎騎士團中也沒有人受傷。

不禁暗暗好笑，想到當時花費了絕大氣力來對付惡靈，到事件解決時大家已經是強弩之末了，哪能逃過卡戴維他們這些精英的追捕？想來是騎士們特意放水好讓大家逃走的，若是讓志羅知道事情的眞相，他的表情必定會變得很有趣。

「大家也眞過分，竟然提也不提我的貢獻。」伊里亞德裝模作樣卻姿勢優美地抹了抹眼角，配以那張艷麗的臉龐，竟有種獨特的美感。「若不是我的接應，小貓咪又怎能安安穩穩地高床軟枕睡得那麼舒服呢？」

抱歉，對於這句話我絕對要更正一下。睡在你這隻沒節操的色狼所提供的房間裡，那才不叫作「安安穩穩」好不好！

「嗯，大致的狀況我都明白了，只是王城那邊……有什麼消息嗎？」最終，我還是決定直奔重點，而大家卻都不約而同露出一副沮喪的表情。

雖然看到他們一直都對結果避而不談，我早就有了心理準備，但還是免不了感到一陣失落。

卡萊爾嘆了口氣道：「在我們破壞掉古蹟的魔法陣後，很快便傳來三公主病危的消息，聽說她忽然間倒地不起，之後便一直無法恢復意識。不單三殿下，就連城堡中的好幾名祭司也出現了相同的狀況。雙胞胎說這是禁咒的反噬，那時候我們都以爲成功拯救陛下了。」

「怎料從那天起，陛下便性情大變，就像本被人所束縛著的野獸終於掙脫了牢籠般，變得凶殘而暴戾。他二話不說便下令將二殿下壓入大牢，卻沒有取消對四殿下的通緝令，此時我們不得不承認，這次行動失敗了。」

我難以置信地瞪大雙眼道：「怎會這樣？維持禁咒的魔法不是被破解了嗎？而且我們也阻止了他們用傭兵來當祭品的陰謀啊！」

「是靈魂，那個存在於陛下體內的靈魂太強大了。」身爲魔法師的雙胞胎解釋：「禁咒被打破後它反變成了脫韁的野獸，這種力量並不尋常。也許……也許兩名殿下無意間喚醒了不得了的怪物也說不定……」

我沉默了，眾人都以擔憂的神情看著我。

破壞魔法陣的人是我，他們大概是怕我會過於失望或內疚吧？

回想起逃離城堡那時，距離現在也只過了一個多月而已。當時的驚惶、恐懼、憎恨以及悲傷，我至今仍舊沒法忘懷。而如此努力，卻換來一無所獲的結果，我應該要非常難過才對吧？

我抬頭凝望著一張張滿是擔憂的臉……

眞的是一無所獲嗎？可是我卻覺得在這次的旅途中，獲得了很寶貴的東西。

而且現在沮喪放棄也還太早了點。

我緩緩鬆開一直緊握著的右手，露出掌中那從魔法陣取出的小東西。所有人不約而同地抽了口氣，無法置信地盯住我手裡的物品。

旅程，才剛剛開始而已。

《傭兵公主》卷一完

卷二〈獸王．時之刻〉敬請期待

後記

香草

仍舊清楚記得二〇〇九年十月三日，我首次鼓起勇氣在網路上分享自己創作的文章。這天可說是我寫作生涯的起點，因爲從此以後我便由一個朝九晚六的上班族，變成了一個朝九晚六並且在下班後會回家打文更新小說的上班族。

不知不覺，寫作至今已有兩年多。兩年的時間變化很大，我這個寫作菜鳥就像名逐漸成長的小嬰兒，文筆由生疏漸漸變得流暢，故事也開始展現出自己的風格。當然還有最明顯的一點，就是對倉頡輸入法的掌握因打文的緣故而突飛猛進！（笑）

《傭兵公主》原名「魔幻銀鳥」，是一本我用來挑戰以「我」爲主角的文章。對於從未嘗試過以第一人稱來寫文的我來說，這絕對是勇敢的新嘗試。老實說寫作初期眞的非常不習慣，主角以外的角色想法總是無法好好地表達出來。還好最終寫出來的效果滿不錯的，總算讓我鬆了口氣。

一直只把寫作當作興趣，從沒想過能出商業本。當收到魔豆文化有合作意願時，我雀躍得心臟怦怦怦地跳。隨即便開始扳著手指數日子，期盼著小說什麼時候能夠出版。

在此特別感謝老是催促、遊說我投稿的朋友竹某人！

小說就是作者的孩子，在默默寫文交稿、構思角色服飾及新書名的過程中，就像看著自己的孩子逐漸成長似地，生出一種當母親的成就感。當中最開心莫過於封面出爐的一刻，看到小維活靈活現地展現在我眼前的時候，我眞的超感動！天藍筆下的角色都好可愛喔！我特別喜歡那種柔和的色調，給人一種很溫暖、夢幻的感覺。

主角西維亞是個很惹人疼的孩子。她非常善良，擁有一顆溫柔的心，因此身邊總是圍繞著形形色色的朋友；然而，她也是一位有著缺點的主角。她偶爾有點小迷糊、心腸不夠硬，對於「王位」這個責任總是表露出一種逃避的姿態……可正因這種不完美，她才能變得有血有肉，才讓大家更加憐愛。嗯，我是這麼想的。

非常高興有機會與魔豆文化及天藍合作，同時感謝購買這本《傭兵公主》的各位朋友，希望大家會喜歡這部作品！

國家圖書館出版品預行編目資料

傭兵公主.卷一／香草 著.
——初版.——台北市：魔豆文化，2011.12
冊；公分.
ISBN 978-986-87140-6-9（第一冊：平裝）

857.7 100022623

fresh FS016

傭兵公主 vol.1

作者／香草
插畫／天藍　封面設計／克里斯
出版社／魔豆文化有限公司
地址◎台北市103赤峰街41巷7號1樓
電話◎（02）25585438　傳眞◎（02）25585439
網址◎www.gaeabooks.com.tw
部落格◎gaeabooks.pixnet.net/blog
電子信箱◎gaea@gaeabooks.com.tw
投稿信箱◎editor@gaeabooks.com.tw
郵撥帳號◎19769541　戶名：蓋亞文化有限公司
發行／蓋亞文化有限公司
法律顧問／宇達經貿法律事務所
總經銷／聯合發行股份有限公司
地址◎新北市新店區寶橋路二三五巷六弄六號二樓
電話◎（02）29178022　傳眞◎（02）29156275
港澳地區／一代匯集
地址◎九龍旺角塘尾道64號龍駒企業大廈10樓B&D室
電話◎（852）2783-8102　傳眞◎（852）2396-0050
初版九刷／2016年10月
定價／新台幣180元
Printed in Taiwan

ISBN／978-986-87140-6-9

魔豆

魔豆